KB161976

창창
우랑

장강우랑

이경교

행복우물

들어가며

1

나를 중국으로 떠다민 건 안주의 유혹에서 벗어나고 싶은 충동, 그래서 정신의 유랑과 유배를 맛보고 싶은 열망이었다. 그 열망은 달콤하고 집요하게 나를 흔들었으니, 이를테면 까오미현의 모쉐이강과 청사다리, 끝없이 펼쳐진 수수밭이 환영처럼 아른거리곤 했다. 그 곳 가마꾼들의 노랫소리가 귓전에서 웅웅거렸으니, 그건 순전히 모옌莫言의 『붉은 수수밭』이 시킨 짓이다.

중국으로 떠나며 '낯선 느낌들'을 사랑한다고, 그건 '뜻밖의 정경'에 대한 다른 이름이라고 나는 썼다. 2006년 여름부터 2007년 여름까지 중국 강소성江蘇省 창저우常州에 머물며 한국어과 강의를 마치는 목요일 이후면, 그 낯선 느낌들을 찾아 줄곧 떠나곤 했다.

사실 이 책은 여러 번에 걸친 중국 탐방의 산물이며, 이십년이 넘는 세월의 기록이다. 그중에서도 1996년 MBC 실크로드 탐사대로 타클라마칸 사막의 신장 위그르 지역을 답사한 게 첫번째인데, 그때 천진, 북경, 서안 등도 함께 들렀다. 이 책의 대부분은 2006-2007년, 교환교수 시절 쓰여졌다. 2008년엔 동북 3성을 탐사하며 특히 연암의 자취를 추적하였다. 그리고 2010년 새해 벽두, 중국어과 김진환 교수와 함께 북경, 무한, 악양, 적벽, 형주를 샅샅이 훑었으며, 2016년까지의 마무리를 위한 탐사 기록들이 첨가되었다.

실크로드 저쪽, 톈산天山 천지天池로부터 백두산 천지天池까지, 우루무치나 서안西安부터 압록강, 두만강 끝까지, 요동遼東에서 안후이安徽,로, 강시江西, 구강九江에서 절강성 항주와 샤오싱沼興, 강북江北에서 강남江南, 호북湖北에서 호남湖南, 그 중심부와 주변부를 몇 번이고 맴돌며, 나는 수없이 수긍했으며 끝없이 절망하였다. 그러므로 이 글은 드넓은 대륙 위에 찍혀진 긍정과 부정의 기록이며, 내 내면의 동요에 대한 기록이다. 나는 이 기록들이 '처음의, 유일한' 글이길 희망한다.

처음부터 중국문화의 지형학Topography, 그 지도 위에서 출발한 나의 여정은 피난길과 흡사한 노역이었지만 지울 수 없는 기억들로 채워졌으니, 가령 내 몸 속에 장강의 물길이 트인 것이나, 황산의 소나무들이 자라고 있는 게 그 증거다.

아니다. 내 의식의 변모과정을 나는 먼저 읽는다. 그러므로 대륙을 스쳐간 세월은 나를 지우고 비운 틈새였으며, 나를 돌아올 수 없는 강 저편으로 옮겨 놓은 기간에 속한다.

나는 나의 기록들이 단순 기행으로 머물지 않기를 염원

한다. 고현학考現學의 시선에 기대거나 대륙사상을 진단하는 인문주의자 편에 서서, 남들과 다른 중국견문록을 쓰고 싶었다.

하지만 시인 본연의 임무를 망각한 적이 없으니, 나무의 눈빛으로 들춰지고 새들의 깃털로 가려진 중국 견문록이길 희망한다. 이 기록들은 그러므로 내 피요 살이다. 내 몸 위에 빗금처럼 새겨진 대륙의 자취이자 내 영혼의 무수한 떨림과 끌림, 그 생생한 핏방울이다.

2

중국이 G2로 부상한 걸 놀라워하는 눈치들이다. 하지만 중국은 기원전 3세기 진秦 나라의 통일 이후 한대漢代를 지나며 성장을 거듭했으니, 서기 7-10세기 당대唐代에 이르면 '세계의 절반'으로 불릴 만큼 강성한 대국이 된다. 그리고 그 흐름은 명청明淸 중기까지 이어져, 세계사의 흐름을 주도적으로 선도하고 주변국가에 엄청난 영향력을 행사한다. 『당서』唐書에 이르되 물극필반 세강필약 物極必反 勢强必弱이라 하였다. 인류문명의 기원이 고대 수메르, 바빌로니아를 거쳐 황하, 이집트, 메소아메리카 Meso America의 올멕olmec이나 마야maya, 그리스 로마, 그리고 페르시아에 이르기까지 흥망을 거듭한 걸 보라. 강성한 문명의 후예들 이라크, 이집트, 멕시코와 중남미, 그리스, 이란의 경우를 보면 '세강필약'이란 피할 수 없는 진리요 저주처럼 느껴지기도 한다.

이런 흐름에서 유독 중국은 돋보인다. 물론 지난 세기의 수십 년, 중국이 세계를 향해 빗장을 걸었던 대가를 지불한 건 사실이다. 적어도 1996년 내가 대륙에 첫발을 내디딜 때만 해도 그 후유증에서 벗어나려면 상당한 세월이 필요할 것처럼 보였다. 그러나 그로부터 불과 10년, 2006년 교환교수 신분으로 중국에 당도한 나는 눈을 의심하지 않을 수 없었다. 그로부터 다시 10년, 그들은 불가능에 가까운 성장을 거듭하더니 그예 세계의 정치, 경제, 군사를 좌우하는 미국의 강력한 대항마로 자리잡았다.

만절필동萬折必東, 장강의 물줄기는 일만 번 꺾여 흘러도 결국 동쪽으로 흐른다. 문명과 시류의 흐름은 물론 시시비비 또한 억지로 가려지는 게 아니다. 문명의 흐름엔 자연의 운행처럼 거역할 수 없는 싸이클이 있다는 걸 알겠다. 인간의 지혜가 헤아릴 수 없는 신비한 작용들, 그 앞에서 중국의 현철賢哲들은 궁리하고 고심하였으니, 고승열전高僧列傳이 그 증거이며 공맹孔孟 사상이 그 본보기다. 그건 역법易法에 잠심하거나 도가道家 사상에 의탁한 경우도 마찬가지다.

흔히 중국의 경제적 기적을 세계 제2의 민족상권으로 일컬어지는 화상華商의 유전자에서 찾기도 한다. 퍽 일리 있는 진단이다. 그러나 나는 중국의 비약을 오히려 깊은 사유와 풍부한 사상의 결실이라 믿고 있다. 중국사상사의 흐름은 유장하다. 사상끼리 부딪혀 길항을 일으키거나 대립과 화해를 거듭하며 백가쟁명百家爭鳴의 담론을 낳았으니 말이다. 실로 중국의 비약 배후엔 다양한 담론을 자양으로 한 사상의 물줄기가 숨어있다.

노자가 말하길, 천하의 큰일도 작은 것에서 시작된다 天下大事 必作於細 하였으니, 현대물리학의 '혼돈이론'에 등장하는 '나비효과'에 다름 아니며, 노자가 말한 장단상형長短相形이나, 장자가 옳고 그름도 바뀔 수 있다는 '이시移是'를 논할 때, 우리는 그것이 상대성이론의 단초란 사실을 눈치 채게 되는 것이다. 사상의 흐름은 거기서 그치지 않고, 혼란스런 20세기의 와중에 또 다른 변신을 이루었으니, 마오쩌뚱毛澤東 사상을 일컫는 마오이즘Maoism의 등장이 그것이다. 그의 방대한 저작들, 요컨대 『모순론』『실천론』을 필두로 『연안문예강좌』등의 영향력은 마르크시즘의 중국식 변용으로서, 그 독자성은 20세기 사상사의 한 페이지를 장식하기에 손색이 없다.

중국대륙의 크기와 너비만 짐작하는 건 겉핥기에 불과하다. 대륙 안에서 생성과 소멸, 발전과 후퇴를 반복하면서 면면히 이어져 온 사상의 추이를 놓치지 않는 태도야말로 중국의 내면을 이해하는 첫걸음이다. 이 책의 집필의도와 동기는 여기서 출발한다.

이 책이 나오기까지 도움을 준 분들이 많다. 교환교수 시절 CCIT대학 첸싱錢興 서기님, 북경북방공대 리쩡시李正熙 부총장님, 그리고 우리대학 중국어과 김진환 교수님께 특히 마음의 빚을 졌다. 그리고 내 중국 제자들, 옌제쉐, 위빈빈, 시양양, 리링, 이 모든 이들의 그림자가 책갈피마다 어른거린다. 그들이 몹시 보고 싶다.

아, 한 사람을 잊을 뻔했다. 내가 중국에서 돌아온 다음 해인 2008년 2학기, 중국교환학생들을 한 학기 가르친 적이 있다. 그때 왕창령이란 여학생이 중국으로 돌아가, 다음 해 봄 서울에 온 친구 편에 책을 한 권 보냈다. 여추우余秋雨 『중국지려』中國之旅다. 얼마나 큰 도움을 받았는지 모른다.

2021년 겨울
동미산방에서 이경교

목차

들어가며 ... 5

1부. 어떤 한국어 강의

─────────────────────

동심초 ... 17
어떤 한국어 강의 ... 22
어떤 한국어 강의 ... 26
개 꿈 ... 29
저 한궈런 ... 33
수줍은 연인에게 ... 37

2부. 유적을 찾아서

─────────────────────

동파공원 ... 43
문필탑 ... 47
장강 ... 51
장강을 건너다 ... 58
환자, 양주에 가다 ... 66
저 낡은 것들 ... 72
아, 소동파 ... 77
시적 절망! 황학루 ... 85
한산사에서 통리까지 ... 90
창랑, 물결 너머로 ... 98
항주야, 같이 살자 ... 102

북경대학과 무한대학 ... 110

누가 황산을 보았나? ... 116

샘물을 찾아서 ... 122

아름다움에 대하여 ... 126

악양루岳陽樓 에 오르다 ... 130

형주고성荊州古城에서 ... 135

수평선 너머 ... 140

난정의 성인 ... 146

아침꽃을 저녁에 줍다 ... 150

물, 연꽃, 도자기 ... 155

아, 우루무치 ... 160

수상하다, 실크로드 ... 166

북경은 암회색 바다 ... 170

유리창琉璃廠에서 후통胡同까지 ... 178

서안, 향기로운 이름 ... 183

울음터를 찾아서 ... 188

3부. 장강일기

장강일기 ... 207

다시, 장강일기 ... 212

위썅로우쓰란 음식 앞에서 ... 214

중국애국가 ... 220

전기황제,주원장 ... 224

형제 ... 232

이름을 묻다 ... 237

노는 물 ... 240

1부

어떤 한국어 강의

동심초

저들의 귓전엔 아무래도 낯선 모양이지. 이국의 언어로, 그것도 매번 강의 때마다 노랫소리가 들려오다니! 오늘도 누군가 내 강의실을 기웃거리고 지나간다. 엷은 미소를 흘리고 가는 걸 보니, 불쾌하진 않다는 건가? 오늘은 한국 가곡 <동심초>同心草를 부르겠어요. 내가 우선 선창을 한다. 우와, 박수가 터진다. 소리가 너무 컸나? 내가 꼭 무대에 선 성악가 같다.

꽃잎은 하염없이 바람에 지고 / 만날 날은 아득타 기약이 없네 / 무어라 맘과 맘은 맺지 못하고 / 한갓되이 풀잎만 맺으려는고 / 한갓되이 풀잎만 맺으려는고

설도 작시, 김안서 역사, 김성태 작곡, 내가 좋아하는 <동심초>다. 이곳 학생들은 내 강의 시간마다 노래를 부른다. 한국어에 능통하려면 한국의 문화와 생활예절을 먼저 익히고, 발음이 좋아지려면 한국 노래를 자주 부르라고 주

문한다. 내 강의는 매번 우리 노래로 시작하여 우리 노래로 끝난다. 갑자기 내가 노래교실 강사나 노래방 단골이 된 건가? 하지만 내가 노래방을 기웃거리지 않는다는 걸 아는 이는 다 안다.

기대 이상으로 잘 따라 부른다. 아니 대화나 책읽기에 비하면 훨씬 발음이 좋다. 그래서 이들이 <고향의 봄> <오빠 생각> <섬마을 아기>를 부르고 있는 동안, 나는 잠시나마 이국에 있다는 걸 잊는다. 길 멀고 낯선 남해, 낙도의 초등학교 선생님이 된 기분이다.

섬마을 선생님을 꿈꾸지 않았던 것도 아니다. 파도소리에 묻혀 잠들고, 갈매기와 더불어 늙어가고 싶은 소망은 방황하던 청춘의 시기를 보낸 사람이라면, 어찌 넓고 푸른 구원의 마당이 아니었으랴.

그러나 산다는 일은 한때의 간절한 바램도 세월과 함께 망각하게 하는 법이니, 세월이란 꿈의 빛깔이 녹스는 걸 지켜보는 거리인지 모른다.

하여튼, 세 곡의 동요를 지나 우리 가곡까지 왔다. 예상 밖의 진도다. 앞으로 <떠나가는 배>와 스페인 민요 <제비> 정도 밖에 악보를 준비하지 못했으니, 더 나갈 진도는 없다.

<동심초>는 본래 중국인 설도薛濤의 시 춘망사春望詞다. 중국인의 시를 여기 와서 다시 가르치는 감회가 남 다르다. 1946년 안서 김억 선생이 번역하고, 김성태 선생이 곡을 붙였다. 설도(770·832)는 당나라의 여류시인이다. 이를

테면 우리의 통일신라 시대의 사람이라고 할 수 있다. 자는 홍도였으며, 동시대 대문호들과 교류하였으니, 백거이白居易, 두목杜牧, 원진元稹(779-831) 같은 시인들이 그들이다. 원백元白이라 불릴만큼 원진과 백거이의 우정은 유명한데, 원진의 칠언절구 <백낙천이 강주 사마로 좌천되었다는 소식을 듣다> 聞樂天授江州司馬란 시가 지금도 전해지고 있다.

말이 나온 김에, 이곳 사천성(쓰촨성) 성도(청뚜)에 대해 할 말이 있다. 이곳 성도와 중경은 특히 성투지구成渝地區로 꼽히는 사천성의 중심이다. 사천성은 서역 출신 이백이 다섯 살 이후 유년을 보낸 곳이며, 뒤에 나이 든 두보가 들어와 살던 터전이다. 송대의 소동파 삼부자 고향은 이곳 미산眉山이며, 곽말약(1892-1978)의 고향도 사천성이다. 사실 지금의 중심도시 중경(충칭)이 근대공업도시라면, 성도는 전통적 고대도시다.

사천四川은 로강瀘江, 민강岷江, 낙강雒江, 파강巴江, 네 개의 강이 있어 생긴 이름이다. 역사에 무수히 등재된 파촉巴蜀이 바로 여기다. 삼국시대 북방의 위, 남방의 오와 함께 천하를 나눈 세력중 하나가 촉나라다. 천하를 삼분할 계획은 제갈공명의 구상이었다.

사천성 성도가 설도의 시대, 문화예술의 본산이었던 건, 거기 그만한 문화예술인들의 교류가 활성화되었기 때문이다. 당시 이곳은 '하늘이 내린 곳'으로 불릴 만큼 풍요로운 땅이었다.

총명하고 미모가 빼어났던 설도는 특히 원진과 깊은 사랑을 나눈다. 하지만 어찌하랴? 당시의 여류시인이란 쉽게 결혼할 수 있는 평범한 여성이 아니었다. 설도 역시, 사바티에 백작부인처럼 사교계의 꽃이었으며, 우리의 황진이나 조르쥬 상드, 루 살로메처럼 한 남성이 소유하기엔 너무 벅찬 여성이었다. 그녀의 시재가 어느 정도였는지는 지금도 이곳 망강루 공원에 그녀의 동상이 남아있는 걸로 짐작이 간다.

아니다. 저간의 기록으로 미루어 원진은 이미 기혼남이었다. 그가 죽은 첫부인을 애도하며 남긴 <견비회>遺悲懷 3수가 그 증거다. 죽은 아내는 경조 위씨로 자가 혜총이라고 알려져있다. 이 애도시는 소동파의 <강성자>江城子란 부인추모 詞와 쌍벽을 이루는 애도시다. 사랑이란 이처럼 불합리한 결속마저 터무니없이 부추기거나, 빤히 예견되는 비극의 불구덩이 속으로 서로의 몸을 던지기도 하는 법이니, 그것은 인생과 마찬가지로 논리의 수순으론 풀 수 없는 모순이 아닐 수 없다. 하여 설도는 고작,

風花日將老 / 佳期猶渺渺 / 不結同心人 / 空結同心草

라 노래할 수 있었을 뿐이다. 사랑하는 사람의 마음과 이어지길 원했으나, 잔인한 운명이 그걸 훼방하여, 쓸데없이 풀잎하고나 마음을 맺는다는 노래다. 전체 8연의 5언율시다. 김안서는 이중 제 3연만을 노랫말로 끄집어낸 것이다.

얼마나 애틋한가? 설도의 처연한 속마음이 물그림자처럼 아른거린다. 겨우내 봄을 기다렸으나, 어느덧 봄이 가고있다. 그러나 사랑하는 사람에게선 소식도 없다. 어이하

라? 어차피 인간의 만남이란 뜻대로 이루어지는 게 아니다. 그쯤에서 잊기로 작정해도 좋으련만, 그 순간 시인의 딴청을 보라. 그토록 놓지 못한 인연의 끈이 풀잎이었다는 것이다. 진종일 함께 눈을 맞추고 함께 기다린 것은 풀잎뿐이었으니 말이다.

어떤가? 이런 시를 읽으며 울지 않는 자는 시인이 될 수 없다. 아니다. 시인은 주체할 수 없이 감정을 분출하여, 슬픔의 바닥을 드러내는 사람이 아니다. 자신은 울지 않고 읽는 이를 울리는 사람이 진정 시인이다. 감상의 옷깃을 여며 슬쩍 그 속옷자락을 내보이는, 그래서 시는 호수와 같다. 깊이를 알 수 없으나 모든 정황을 물 그늘에 띄우는, 그래서 그걸 통해 수심을 저울질하게 하는, 소리내어 울지 않고 부지불식간에 눈물을 번지게 만드는, 그래, 시는 호수다. 물굽이 요동칠 시간과 잔잔하게 속내를 다스릴 때를 아는, 호수야말로 시인의 마음이다. <동심초>가 그렇지 않은가?

여러분은 미인 '서시'를 잘 알지요? 얼마나 예쁜지 상상해 보세요. 보이나요? 그녀는 절강성 출신인데 물에 비친 아름다운 자태를 물고기란 놈이 넋 놓고 바라보다가 익사했대요. 그래서 본명이 '이광夷光'이지만, '침어沈魚'로도 불렸다네요. 당대의 미녀 양옥환, 그러니까 양귀비가 있었다면, 미인의 고향 월나라 미녀 중에서도 최고여서 찌푸려도 예뻤대요. 여자들이 그걸 무턱대고 따라하니, 서시만 더 돋보였겠죠.

지금 여러분이 살고 있는 이곳 강소성 일대가 바로 오나라 땅이었으며, 저 아래 절강성이나 복건성 쪽이 월나라였는데 오랫동안 원수지간이었어요. '오월동주'란 말도 있잖아요. 그 말을 한 사람이 바로 <손자병법>으로 유명한 손무란 사람인데 오나라 충신이었지요.

오왕 '합려'가 월나라를 치다가 죽자, 아들 '부차'가 아비의 원수를 갚기 위해 국력을 강조하죠. 마침내 부차는 월왕 '구천'을 사로잡아 원수를 갚는 듯 했지요. 얼굴을 발로 밟고 침까지 뱉었다니 구천의 굴욕감이 어땠을까요?

하지만 월나라엔 '범려'란 재상이 있었으니, 미녀와 목재를 조공으로 바치고 구천은 부차의 신하가 된다는 조건으로 그를 살려준 게 화근이었죠. 모두 범려의 책략이었으니, 그때 미인계의 대상으로 선발된 미녀가 바로 서시였답니다. 사실 범려와 서시는 사랑하는 사이였으나, 나라를 되찾겠다는 일념으로 모든 걸 희생한 슬픈 연인들이었지요.

서시의 고대판화

서시를 만난 오왕 부차는 정신을 홀딱 빼앗겼어요. '경국지색'이란 이럴 때 쓰는 말이지요? 한국에선 '고혹蠱惑'이란 말을 쓰는데, 그건 독에 홀린다는 뜻이에요. 옻나무나 독버섯, 독사 등속이 그런 것처럼 독이 있는 것만이 지독히 예쁘거든요.

그래서 한국 남자들은 고혹적인 미인을 보면 '우와, 죽인다!' 그렇게 말해요. 한번 따라해 볼래요? '우와, 죽인다!' 너무 예쁜 것만 쫓다간 죽어요. 알겠죠? 셰익스피어 작품에도 비슷한 말이 있어요. 'Let me die!'라고. 동서가 꼭 같군요.

그때 월왕 구천이는 뭘 하고 있었는지 알아요? 장작더미에서 잠자며 곰쓸개를 핥고 있었어요. 얼마나 썼을까요? 한국에도 숙암宿岩 이란 바위가 있어요. 강원도 정선군 북평면에 있는 바위인데, 갈왕이 잠을 잤다해서 '잘바위'라고 부르죠.

아무튼 구천은 모든 게 부차 때문이라고 복수심을 키우며, 12년을 그랬어요. 와신상담이란 말이 거기서 나왔죠. 사실 몸엔 좋았겠죠. 웅담은 한국에서 엄청 비싸요. 나는 한 번도 못 핥았는데, 집에 웅담 있으면 가져와 봐요. 내가 살짝 핥고 돌려줄게요. 충신 오자서나 손무가 그렇게 반대했건만, 간신 백비의 말을 들은 건 부차의 큰 실수죠. 서시 때문에 결국 12년 후, 그 역시 아비처럼 죽음을 앞당기고, 오나라는 망하지요.

여기 태호를 '려호'라 부르는 거나, 지금 우시에 있는 '려원'이란 공원은 모두 범려를 기리는 것들이죠. 그때 범려는 연인 서시를 구출하여 여기 태호를 건너간 뒤, 아직도 소식이 없다네요. 춘추전국 시대니, 기원전 5세기의 이야기죠. 산동성 쪽에서 그들을 봤다는 사람이 있던데, 내가 아직 확인을 못했어요. 알아보고 다음 시간에 알려주도록 할게요.

여러분은 누굴 닮았죠? 부모님? 조상? 아녜요. 여러분은 동시대인을 더 닮았어요. 이건 내 말이 아니라, 르네 뒤보스란 분 얘기죠. 확실하진 않아요. 그냥 훌륭한 어떤 분이 21세기를 내다보고 한 말이다. 그렇게 이해하세요. 여기 올 때, 중국어 사전과 간체자 옥편만 가져왔어요. 책은 물론 사전류도 가져오지 않았어요. 그냥 일 년 책에서 해방되어 보려고, 정말 오랫만에 책과 결별하려고 작정을 했거든요. 그래서 지금 떠오르는 대로 말했는데 확인할 길이 없어요. 그분 말이 맞다면 『내재하는 신』이란 책일 텐데.

그래요. 내가 봐도 여러분은 여러분의 부모님보다 한국의 대학생들과 더 닮았어요. 부모님을 봤냐구요? 나를 보면 알죠. 나는 여러분과 확실히 달라요. 아마 여러분의 부모님과 생각하는 게 비슷하겠죠. 더구나 지금 이 시대는 월드 와이드 웹으로 표시되는 3w의 시대. 그러니까 세계가 거미줄처럼 하나로 연결되어, 서로 보고 느끼고 소통하는 시대죠. 닮지 않으려 해도 비슷하게 되어 버리죠.

3w의 등장은 시간과 공간 개념을 파괴해 버렸어요. 무슨 말인가 하면, 거리에 비례하던 시간 개념이 무너졌다는 거죠. 인터넷 속도는 거리와 무관하니까요. 이건 지그문트 바우만이란 분의 얘기에요. 수긍이 가나요? 우리가 얼마나 앞 시대와 다른 세계를 살고 있는지 알아야 해요. 무턱대고 인터넷만 할 게 아니라, 그 행위 하나가 과거의 시간과 공간을 어떻게 바꿔놓고 있는지 생각해 봐야죠.

아인슈타인이 우주엔 경계가 없으며 중심도 없다고 선언했을 때, 사람들은 반신반의했죠. 그게 무슨 물리학 이론인 줄 안 거예요. 그런데 미국의 보이저나 갈릴레이 같은 우주선이 우주를 촬영해보니, 그게 사실로 드러났어요. 이 사실은 인간의 사고 영역에 엄청난 파장을 몰고 왔지요. 인간이 지구상에 '중심'을 세우려던 행위가 얼마나 반우주적 반자연적 행위인가가 밝혀진 거죠.

현대를 포스트모던의 시대라 부르는 건 중심을 해체한다는 뜻이 담겨있어요. 군왕이나 부자 세습을 당연시하던 권력자들만 입장이 난처하게 되었죠? 생각해 봐요. 일이 거기서 끝나는 게 아니고 국가나 이념이란 경계까지 흔들리기 시작했어요. 영토 확장이나 역사를 왜곡하면서까지 네 땅이다 내 땅이다 싸우는 꼴이 우습게 돼버렸죠? 그럼 어떻게 될까요? 세계가 모두 형제가 되는 거죠. 이젠 문화적 세계시민이 되어야 해요. 세계시민 의식이 없는 사람은 21세기인이 될 수 없어요.

지금까지 인류는 참 편협하게 살아왔어요. 때론 이기적

이고 잔인하게. 자기만족을 위해선 남의 평화를 짓밟아도 당연한 것처럼 살았어요. 중심이 해체되었다는 건 그런 야만적 사고로부터의 탈출을 의미해요. 20세기까지 인류역사는 침략의 역사였으며 야만의 역사였거든요. 주인과 종이 없는 시대, 중심과 주변의 차별이 없는 시대, 그걸 자각하고 실천하는 일이야말로 여러분 세대가 꼭 이뤄내야 할 사명이죠.

나와 여러분의 부모님들은 그걸 못했어요. 나쁜 사람들이기 때문이 아니라, 몰라서 그런 거예요. 여러분 세대가 그 오류를 수정해야 해요. 그리고 그들을 용서하구요.

개 꿈

우리 온이溫伊가 죽었다. 눈앞이 온통 하얗다. 그 어린 것이 내 품에 안겨 힘없이 눈을 감았다. 눈을 감기 전 온이는 나를 한번 물끄러미 쳐다보았다. 마치 저 세상까지 기억하려는 듯이. 글쎄, 울었는지 모르겠다. 앞뒤 정황이 떠오르지 않는다. 세상이 이토록 새하얗다는 건 빛이 모두 지워졌거나 일시에 색채들이 증발했다는 증거다. 그건 방전처럼 세상이 여백으로 남았다는 뜻이다.

빛과 색채가 지워진 곳에 홀로 살아남아야 할 의미가 있는 걸까. 슬픔이나 절망이 무서운 것은 그 순간, 한 인간의 뇌리를 물들이는 단 하나의 색채 때문이 아닐까. 하얗거나 새카만 빛, 어느 한쪽만 남아 나머지를 소거해버린다는 건 무시무시한 공포다. 한순간이 백년처럼 나는 지루해졌으며 쓸쓸해졌다. 눈물이 앞을 가려 세상이 또 한 번 하얗게 빛난다.

온이는 세 살 된 우리 집 막내다. 시월 어느 날 집에 온 이후 가족들의 사랑을 독차지해버린 강아지 이름이다. 이리 온!하고 부르다가 이온이 되었으며, 오니? 라고도 불리는 사랑하는 내 막내딸이다.

한참을 소리죽여 흐느끼다가 죽은 온이의 눈을 보니 방금 전까지 울었는지 촉촉하다. 눈물자국이 길을 만들어 털이 젖었다. 저 길을 따라 온이는 눈물로 길을 만들며 뭘 떠올렸을까. 녀석도 떠나기 못내 아쉬웠겠지. 그걸 떠올리자 견딜 수 없이 슬퍼졌다.

가슴이 먹먹하여 차라리 눈길을 접다가 퍼뜩 잠에서 깼다. 하지만 여기는 이국땅, 한밤중에 녀석의 안부를 확인할 길이 없다. 일 년을 기약하고 집을 나설 때 온이는 몸부림을 쳤다. 동물의 감각으로 온이는 이미 이 이별이 예사롭지 않음을, 그리하여 짧지 않은 이별이 될 걸 감지한 낭패한 육감의 눈빛으로 나를 배웅했다.

꿈에서 깨어나 아내의 메일을 열어보니 놀라워라! 온통 온이 얘기다. 셋이서 함께 산책하던 코스를 지날 때마다 녀석은 발길을 아예 멈추고 서서 지나가는 사람들을 뚫어지게 살펴본다는 거다. 내 또래의 아저씨만 보면 달려갔다가 쓸쓸히 돌아온다는 것이다. 혹시 거기 아빠가 있을 것만 같아 발길이 떨어지지 않는 모양이다. 하루에도 몇 번씩 내 서재로 달려가곤 한다는 거다. 어느 땐 내 서재에만 틀어박혀 꼼짝도 않는다는 거다.

세상엔 이별의 유형도 많으며 그리운 사연들도 가지가지다. 중국 체류 이삼 개월이 지나자 전혀 예상치 못한 문제들이 불거지기 시작한다. 몸의 기억이 그것이다. 의식은 통제가 가능하나 몸의 세포들이 말썽을 부린다. 매주 산으로 향하던 몸은 벌판을 걸어도 만족하지 못하는 눈치다. 오랜 세월 나무들과 주고받던 눈인사를 벌판의 풀들은 알아듣지 못한다.

그건 온이와의 관계도 마찬가지다. 기상과 동시에 달려와 반기던 온이가 사라지자 몸의 어느 한 곳이 마비된 느낌마저 든다. 퇴근 후 함께 산책하던 습관도 그렇다. 열 달이나 남은 기간 몸의 가역반응을 어찌 다스릴지 걱정이다.

아, 알겠다. 지난밤의 하얀 꿈! 온이는 지금 나의 부재를 온몸으로 느끼며 몸의 가역반응에 시달리고 있다는 것을. 내 몇 갑절 그리움이 흘러넘쳐 그 간절함이 시공을 건너왔다는 것을. 예민한 동물적 감각으로 생시와 꿈의 경계마저 허물었다는 것을.

그리하여 지금쯤 서재가 풍기고 있을 긴 침묵과 적막한 부재감이 우리 온이의 영혼을 하얗게 칠하고 있나 보다. 그렇지 않고서야, 지난밤 내 꿈이 그토록 새하얀 공포로 물들었을 리 없으니.

그리고...... 이 행간으로 십 년 세월이 꿈결처럼 지나갔다. 그때, 2007년 13개월간의 중국체류를 마치고 돌아왔을 때, 온이의 표정을 잊을 수 없다. 문을 열고 들어서자, 황급히 달려 나오다가 찰나의 순간 걸음을 멈추고 갸우뚱거리며 바라보던 눈빛! 아 맞군요. 정말 아빠군요! 그때 온이는 그렇게 말하고 있었다. 미친 듯 매달리며 온몸으로 그 지긋지긋하던 가역반응을 해제하던 몸짓!

그리고 2017년, 열네 살이 된 우리 온이는 지금 몸이 아프다. 눈도 보이지 않는다. 퇴근하면 내 발자국 소리를 따라 누운 채 고개를 돌리는 온이. 온몸의 감각을 기울여 내 자취를 쫓는 녀석을 본다. 십사 년 세월, 많은 게 변했지만 오직 한 마음으로 나를 향하는 온이를 느낀다.

온이의 영혼은 지금 무슨 색일까. 그 옛날, 그 공포의 흰빛 속에 홀로 남겨진 걸까. 아니 소리 없이 다가오는 새로운 이별을 녀석은 예감하고 있는 중일까.

2017년 7월 17일. 우리 온이가 갔다. 녀석이 간 뒤로 이상한 현상이 하나 생겼다. 새벽 5시면 알람처럼 나를 깨우던, 온이의 울음소리가 아직도 들린다. 아주 희미한 음성으로, 아빠, 일어나세요! 온이가 속삭인다.

저 한궈런

애애, 빨리 와봐, 저 한국인 또 왔어. 말소리 들어봐, 엄청 재밌어! 뭐라는 거야? 아마 모기향을 찾나봐. 아이고, 또 깎는다야! 할 짓은 다 하네. 그래그래, 2원 깎아줄 게, 됐어? 어, 그래, 짜이찌엔이야. 저 사람 인사 하난 잘 해. 뭐라고? 아이고, 좀 알아 들나봐. 자기를 깔보지 말랜 다야. 예예, 뚜이부치, 죄송합니다요. 야, 말조심해야겠다 야. 그래, 또 와요, 굿바이야.

시장을 가도 식당을 가도, 아무리 중국인으로 위장을 해 도 이들은 내가 한국인이란 걸 금세 알아본다. 혼자 앉아 밥을 먹고 있자니, 한 사람 두 사람 몰려와 저희 끼리 떠 들며 나를 구경한다. 슬그머니 장난기가 발동한다. 두 다 리를 들어올려 가부좌를 튼다. 의자 위에 그러고 앉아 밥 을 먹는 내 모습은 내가 봐도 우습다. 다들 배꼽을 잡는 다. 모른 척한다.

네 고향은 어디냐? 뭐, 안후이성? 거기 황산이 있지? 못 가봤다고? 나는 곧 거기 간다. 네 고향은? 오 푸젠성, 그럼 푸져우가 고향이냐? 명청대 거리 삼방칠항三坊七巷 가봤나?
뭐, 핑난屏南? 원앙계곡은 가봤겠군... 그러면 이들은 눈을
휘둥그렇게 뜨고, 당신은 거길 가봤냐고 묻는다. 바다를
보았느냐 물으면 십중팔구 못 가봤단다. 늬 아빠 연세는
어떻게 되시냐? 마흔둘, 서른여덟, 마흔넷... 다 내 아우들
이구나. 설마? 정말이다.

여행 책자를 사기 위해 서점에 간다. 62세, 52세. 두 남
자와 대화를 시작한다. 내 말을 이들이 잘 알아듣지 못하
는 건 내가 사성의 쓰임새에 익숙지 못한 탓이다. 상대의
얘기는 어느 정도 알아듣겠는데, 중국어를 우리처럼 평음
으로 말하면, 이들은 절대로 내 말을 알아듣지 못하니 답
답하다. 조잡한 여행안내서를 내민다.

내가 찾는 건 이런 게 아니다. 하는 수 없이 필담이 시작
된다. 62세가 묻는다. 당신은 무슨 일로 여기 왔는가? 나
는 교환교수다. 그제서야 어쩐지!『국가지리여행』이란 책
자를 내놓는다. 제대로 된 책이다 중국의 99개 명소를 컬
러로 찍은 책이다.『중국여유승지.1599개』란 별책부록까
지 있다. 내 눈이 대번 반짝인다. 그런데 책값이 100원이
다. 좀 비싸다.

흥정이 시작된다. 결국 60원에 책을 구입한다. 60원이
면 한국돈 7800원, 그건 아주 싼 돈이라고 52세가 투덜거
린다. 나는 일 년간 여기 머물기 때문에 이미 중국인이다.
중국의 물가에 맞춰 살아야한다. 일리가 있다고 62세가
중재한다.

사실 생김새부터 한국인과 우리 중국인은 차이가 없다고. 그렇다. 내 성이 리가다. 중국 성씨다. 거슬러 올라가면 내 조상도 중국인이다. 우리는 형제다. 62세가 반색하며 호탕하게 웃는다.

새벽이 아니면 일몰 무렵, 산책을 한 지도 두 달이 다 되었다. 경비들이나 학생들이 수군거린다. 저 한궈런 또 산보하네. 애, 가서 장동건 아느냐 물어봐. 이영애, 송혜교, 양미경... 저기요, 아저씨! 불러 세우곤 거기서부터 중국말이다. 장동건 알아요? 어, 내 동생이야. 에이? 넌 아저씨란 말 어디서 배웠니? 한국 드라마를 많이 봐서 알아요. 그럼 넌 아줌마겠네? 아니, 아가씨예요. 제법이구나. 한국인은 다 멋있어요! 산 좋고 물 맑아 그렇단다. 나도 한국가고 싶어요. 열심히 공부하면 갈 수 있지.

정작 우리 한국어과 학생들은 다르다. 머뭇거리며 쉬 다가오지 못한다. 여기서도 나를 어렵게 보나?

교수는 위엄이 있어야 한다. 반드시 넥타이를 매고 강의해라. 나는 스승으로부터 그렇게 배웠다. 하지만 스승께서 돌아가시자 넥타이부터 풀었다. 그런데도 그 영향이 남은 걸까? 국경을 넘어와도 나를 무섭게만 여기니 큰 병이로다. 아니 떨칠 수 없는 혹이구나.

상점이나 식당이 그래서 편하다. 아이고, 야, 귀엽단 말도 한다야. 저 한궈런 강아질 엄청 좋아하나봐. 올 때마다 강아지하고 놀아. (강아지를 향해) 애, 너 그 한궈런 따라가라! 그러나 이런 곳에도 생각이 깊은 사람은 있는 법이어서, 아니야, 가족과 고국이 생각나서 저러겠지. 어느 때

보면 안됐어. 어제 새벽에 보니까, 저기 벌판 끝에 서서 동쪽만 바라보고 서있더라구.

수줍은 연인에게

갑자기 생각난다. 앤드류 마아벨의 시 <수줍은 연인에게> 가을산을 오르다가 알밤을 줍듯 그 시를 발밑에서 줍는다. 오래 잊고 있던 시다. 내 청춘과 함께 사라져 어느 책갈피 속에서 색이 바랬겠지. 원제가 To his coy mistress였던 걸로 기억한다... 나는 그대의 이마를 바라보며 한 세기를 보내고, 육체의 남은 부분을 기리는데 나머지 생애를 다 바치리라, 왜냐하면 그대는 그만한 사랑을 받을 만하고, 나 또한 그보다 덜한 비율로 사랑하지 않을 것이기에... 전체 3연으로 된 제법 긴 작품인데 여기까지만 떠오른다.

1연이 사랑의 호소라면, 2연은 무서운 협박이다. 이슬 같던 피부, 도도하던 너의 처녀성마저 (죽으면) 구더기의 밥이 될 것이니, 청혼에 응낙하라고. 그리고 3연은 다시 회유다. 우리가 시간의 밥이 되지 말고, 그 시간을 먹어치우자고 말이다.

이 시를 외웠다. 나도 구혼의 순간이 오면 무릎을 꿇고 시를 바쳐야지. 그때 나의 수줍은 연인은 얼마나 감동할까? 그러나 그걸 상상하며 머뭇거리는 사이 내 청춘은 삼십대로 들어섰다.

서둘러 중매로 결혼을 했다. 선배 교수의 처제였는데, 처음엔 옆집 아가씨라고 소개했다. 그리곤 아가씨의 부모님을 만나도록 주선했다.

아버지가 초등학교 교감이셨는데 날 보자마자, 이군은 학창시절 모범생이었겠구만, 그만 날 잡자! 그 말 한마디로 혼사가 이루어졌다. 그러니 바장이고 뭉갤 처지도 아니었지만, 무릎 꿇고 청혼을 구걸할 까닭도 없어져 버렸다. <수줍은 연인에게> 시를 떼어내 어느 책갈피에 넣어버림으로써 내 미혼시절도 마침표를 찍었다.

그때 내 앞에 서있던 수줍은 아가씨, 지금의 아내는 말이 없었다. 묻는 말이나 간신히 대답할 뿐, 내 이야기만 열심히 경청했다. 그게 마음에 들었다. 본디 총명한 사람은 잘 듣는 사람이니까!

하지만 결혼을 하고 이십 년 세월이 지나다 보니, 그게 아니다. 한번 잔소리가 시작되면 케네디 연설문보다 조금 더 길다. 그럼 그땐 왜 그랬나? 혓바늘이 잔뜩 돋아있었나? (이글을 아내가 읽는다면, 귀국 후 히틀러의 대중연설을 나는 각오해야 한다)

<수줍은 연인에게>는 실제로 시인이 그의 애인에게 바친 시로 알려져 있다. 그러나 뒷얘기를 확인할 수 없는 걸 보면, 결혼까지 성사된 것 같지는 않다. 하긴 그래야 이 시를 음미하는 맛도 더해진다. 이룰 수 없는 사랑의 빛깔이 더 짙고 고운 법이니까. 그래서 결별만이 사랑이라고 톨스

토이도 우겼으니까.

페르시아 시인 오마르 카이얌은 사랑을 콤파스의 원심력에 비유했다. 영국 시인 존 던도 사랑을 콤파스의 두 다리라고 노래했다. 존 던이 육체를 '사랑의 책'이라 부른 건 재미있는 발상이다. 거기 '나는 그녀를 산책한다'는 에스프리 넘치는 시구가 보인다. 옥타비오 빠스가 시쓰기를 언어의 에로티즘이라 부른 건 이런 미학적 전통을 딛고 서다.

모처럼 겨울 볕이 따사로운 날이다. 산책을 나서야겠다. 이럴 때, 그녀를 산책한 존 던은 행복한 사내다. 나는 맨날 벌판이다. 그러나 이 벌판이 나의 위안이요 연인이다. 그래서 벌판이 몹시 좋아졌다.

학생들에게도 창저우의 3무를 말한 적이 있다. 이곳엔 내가 사랑하는 것만 골라서 없다고. 산과 바다, 그리고 생선회다. 사실은 5무를 말하고 싶었는데, 두 가지를 슬쩍 빼버렸다. 푸른 하늘빛과 아내까지 말이다.

그래서 이렇게 햇빛 밝은 날이면 벌판이 그리운 걸까? <수줍은 연인에게> 첫 구절을 읊어, 저 대지의 여인에게 청혼하고 싶어진 걸까? 본디 땅이란 여성이며 어머니가 아닌가. 어느 책갈피 속에서 빛바랜 그 활자들이 뚜벅뚜벅 걸어나와, 창저우 너른 벌판에 소낙비처럼 꽂히는 환상을 본다. 이렇게 햇빛 고운 날!

2부

유적을 찾아서

동파 공원

역시 소동파다. 선생의 눈빛이 천 년 시공을 건너오자, 모든 의문이 일시에 풀린다. 그를 만나고 나서야 내 그토록 궁금했던 나무 이름을 알았으니! 상하이부터 창저우까지, 그리고 내가 있는 창저우대학의 가로수도 동일 수종이건만, 도대체 이름을 아는 이가 없다. 쟝슈! 우리식으로 부르면 장수樟樹, 곧 녹나무다. 그러고 보니 나는 이 나무와 필시 뗄 수 없는 인연이 있나 보다. 일본 오사카성 안에서 남목楠木을 처음 만나 홀딱 반한 적이 있다. 금각사는 물론 일본의 국보1호 목조반가사유상이 바로 이 남목, 곧 녹나무로 만들어졌다. 어쩐지 닮았다 했더니 동일수종의 또 다른 이름이다.

동파 공원은 송대의 대문호 소동파 선생이 글을 쓰던 자리다. 죽림과 녹나무 우거진 울창한 숲길, 문월정이 있는 동산, 여기가 바로 유명한 시 <달에게 묻다>를 쓴 자리다. 거기다 운하의 물까지 끼고 있으니 이보다 글쓰기 좋은 자리도 드물겠다. 동파도 나처럼 녹나무를 편애한 게 틀림없다. 그렇지 않고서야 저토록 오랜 수령의 녹나무들이 공원을 뒤덮었을 까닭이 없다.

동파 공원에서 필자

동파서실, 그분이 글을 쓰던 방에선 철없는 후예들이 웃통을 벗은 채 마작에 빠져있고, 숲 그늘마다 하릴없이 앉아 부채질이나 하거나 낮잠에 빠져있다. 동파가 시상에 잠겨 저 문월정에서 달을 보고 있었으리라 생각하니, 그분과 함께 호흡하는 기분이다. 이곳 강소성의 지방 관리로 머문 시기는 동파 문학의 절정기와 마지막에 속한다면, 여기 상주 지방관으로 여섯 번이나 들락거리던 선생은 파란과 곡절로 얼룩진 생을 이곳에서 마감한다.

곳곳에 선생의 발길이 묻어있을 것만 같아 나도 자근자

근 씹듯이 발끝에 힘을 준다. 기암동굴을 빠져나오자 아, 거기 세연지洗硯池! 글을 쓰고 나서 붓과 벼루을 씻던 조그만 돌연못이 보인다.

무릇 고금을 막론하고 좋은 글이란 시작과 마무리가 남달라야 하는 법이니, 그렇다. 세연지는 붓끝에 묻은 먹을 씻어내는 물리적 행위 공간이 아니라, 하나의 상념을 끝내고 그 잔재를 털어내는 정서적인 자리에 해당된다. 왜냐하면 다시 쓰는 글은 이미 쓰여진 글의 변죽에서 벗어나, 새로 축조되는 건축물이어야 하니까.

이것이 좋은 시인의 척도이며, 이것이 글 쓰는 이의 진지한 책무다. 내가 이 돌샘 앞을 기웃거리며 한사코 자리를 뜨지 못하는 심사도 거기 있는 것이리라.

그래서 그랬을까. 대문호들 중에서도 이백과 동파의 돌발적인 상상력은 단연 으뜸이다. 상상력이란 새로운 감각에 대한 열망에서 나오는 것이니, 선생은 몇 번이고 붓을 씻으며 그렇게 새로운 발상을 퍼올리고 있었으리라.

이런 점에서 나는 시성 두보를 좋아하지 않는다. 유독 조선시사가 두보에 대한 편향을 보이는 것도 달갑지 않다. 핍진한 현실을 곡진한 정서로 노래했다지만, 그의 글은 상상력이 부족하다. 세파로 치자면 두보보다야 동파가 한결 더 컸으나, 그는 현실을 훌쩍 뛰어넘는다.

두보의 이런 취향이야말로 현실의 리얼리티를 강조하거나 삶과 괴리되지 않은 정서를 유난스럽게 떠받드는 오늘의 한국시 풍조와도 뗄 수 없는 연관이 있을 것이다.

건륭제가 크게 기뻐했다는 어제시문비의 서체를 보니, 그의 거칠 것 없는 성격을 짐작하겠다. 11세기, 동파가 살았던 송나라는 이미 나침반이나 화약을 발명한 문명국이었으며, 언로가 트이고 사상의 자유가 활개치던 시기다. 아름다운 그릇, 송자기를 주변국은 물론 서양으로까지 수출하는가 하면, 왕안석의 개혁이 이 시기에 진행된다. 그러나 열매도 익으면 떨어지는 법이다. 이미 파당의 싸움으로 얼룩져 쇠망을 향해 발길을 돌리던 때다.

그리하여 감각적 세련미와 상상의 풍요로움이 예술을 이끄는 시기, 남송시대가 다가온다. 남송예술의 특징이야말로 동파의 경향을 계승했다 해도 지나치지 않다. 그러니까 남송문화는 동파에게 빚진 셈이 된다. 앙소각 현액 글씨를 보니 소식이란 낙관이다. 소식은 바로 동파의 본명이다. 부친 소순과 아우 소철과 함께 삼소로서 명성을 날렸으니, 역시 그만한 부모 아래 그만한 아들이 나오는 법인가 보다.

이제 다 훑었다. 마지막으로 동파의 동상에 기대 사진을 찍는다. 그의 표정이 홀연 영감과 만나는 모습이다. 정면을 응시하던 그의 얼굴이 놀란듯, 오른편으로 기울어지는 찰나! 그는 또 어떤 생각의 정경과 만나는 중일까.

江

문필탑

항주의 영은사와 더불어 상주의 천녕사天寧寺 이름을 알고 있었다. 유명한 문필탑 때문이다. 하고 많은 이름 중에 문필탑이라니! 천녕사는 거금 천 삼백 여년의 역사를 지닌, 당나라 시대 사찰이며, 동남제일총림으로 불리던 사찰이다.

아니 이 절이 유명한 건 유명한 원오극근圓悟克勤1063-1135 선사의 터전이며, 대혜 종고 선사가 그 밑에서 깨달은 자리이기 때문이다. 특히 유명한 3대 선어록『벽암록』『종용록』『무문관』의 저자가 원오 극근이다.

『벽암록』이 쓰여진 천녕사를 이렇게 방문한다는 게 큰 감동으로 다가온다. 이 절이 우리에게 낯익은 건 한국불교의 주류인 간화선이 대혜 종고에 의해 여기서 시작되었으며, 이곳 고봉 원묘의 제자뻘 스님이 바로 12~13세기 고려의 보조 지눌스님이기 때문이다.

그런데 유서 깊은 사찰에 하필 문필탑이라니 의아하다. 사실 당송 팔대가 중에 한유와 유종원을 빼면, 나머지 여

상주 천녕사 문필탑

섯 분이 송대의 시인들이니, 그 무렵 문필의 힘을 짐작하고 남는다. 그 흔적이 바로 성스런 도량에까지 미치고 있는 현장을 본다.

이 시기를 이끈 문인으로 구양수, 왕안석, 증공, 그리고 삼소(소순,소식,소철) 등이 있다면, 북송 불교의 요람, 그 정신적 지주 중 하나가 문필탑인 셈이다. 참 근사한 이름이다. 저 이름은 이 시기의 정신사가 무엇을 지향했는지를 증거한다.

문화가 성숙하면 맨 먼저 여성의 얼굴이 아름다워진다는 걸 역사는 귀띔해준다. 왜 그럴까? 의식주 문화가 크게 개선되기 때문이다. 이 말은 의상, 음식, 그리고 주거환경이 미와 직결된다는 뜻이다.

그러나 아무리 아름다운 여성이라도 교양과 품위를 잃어버리면 그 아름다움은 금세 손상이 간다. 비너스의 원뜻이 거품이란 건 이런 경고의 메시지를 담고 있다. 그래서 진정한 미는 문필의 힘을 필요로 한다. 어느 사회나 졸부들에 대한 시선이 곱지 않은 것은 그들의 경제적 치부가 내적인 성숙과 어우러지지 못하기 때문이다.

문필탑! 능히 문과 필을 앞세워 한 시대의 정신을 담았으니, 그 시대가 얼마나 아름다운 터전이었는가, 나는 잠시 고개를 숙이고 싶어진다.

문필탑은 우리의 법주사 팔상전과 비슷한 팔각 건축양식으로 그 선배격에 해당한다. 문필탑은 탑이라기보다 하늘을 찌르는 집이다. 상단부의 첨탑은 순금 장식인데 영화롭던 시절의 자긍심이었을까. 건축도 문화의 여파요 그 흔적이라면 당송문화의 큰 품을 짐작하겠다.

천녕사 대웅전으로 들어서자, 어마어마한 크기의 삼존불상이 내려다본다. 무섭다! 아니 너무 크다. 우리 불상에 익숙한 내 눈에 저 압도적인 크기는 낯설다. 하지만 문화는 세공과 더불어 크기로써 그 저력을 과시한다. 피라미드, 타지마할, 앙코르왓트 등은 물론 중국의 대표적인 유적들, 만리장성, 병마용, 자금성, 명효릉 등이 모두 그렇다.

여기서 나는 문필의 힘, 곧 좋은 글의 향방을 이내 눈치챈다. 좋은 글 역시 정교한 세공과 더불어 문제의식의 깊이와 넓이가 있어야 한다. 인간 안에 숨겨진 우주를 바라보거나, 삶 속에 가려진 죽음을 응시하는 크기가 필요하다. 더구나 시는 이해하는 차원이 아니라, 감응하는 세계다. 따라서 시는 그 속에 이미 문화에 대한 전망과 자연의 이법을 간직한 건축물이 아닌가.

굿포엠과 그레이트포엠의 차이가 거기에 있다. 위대한 시가 무엇인가를 되새기는 건 오늘 문필탑에 기대어 내가 역사로부터 배운 교훈이다.

장강

한강의 근원으로 알려진 태백 검룡소와 낙동강의 발원지 황지연못은 이웃이다. 우리 국토의 양대 젖줄이 태백산에서 시작되는 것이다. 특히 금대봉을 거슬러 올라 만났던 검룡소의 물줄기와 푸른 이끼는 기억도 생생하다. 하지만 나는 대학시절, TV에서 본 오대산 상상봉의 산목련 잎에서 떨어지던 이슬방울을 잊지 못한다.

흑백 TV시절, 그게 무슨 방송이었는지 떠오르지 않고, 제목도 '한강의 근원을 찾아서'였던 듯한데 분명하지 않다. 스텝진과 카메라맨은 밤을 새워 기다리다가, 산목련 잎새 위에 이슬이 고여 떨어지는 장면을 촬영했으리라. 그 이슬방울이 모여 실개천을 만들고 실개천은 다시 냇물이 되고, 그게 한강이 되었다는 설정이었는데 지금 생각해도 대단히 시적인 발상이었다.

그날 우연히 본 한강의 다큐멘터리가 훗날 내 석사논문에서 그토록 유용하게 상상력을 자극할 줄은 당시엔 생각조차 하지 못한 일이다. 그 장면이 내 마음을 흔들어 강화도, 김포나루, 팔당, 양수리… 그리고 거기서 북한강 방향이나 남한강 쪽으로 내 몸을 떠다밀곤 하였으니, 나는 언제나 한강 하류에서 상류를 향해 거슬러 오른 한 마리 물고기였는지도 모르겠다.

참으로 오랫동안 그 길목을 오갔다. 그러다가 짬이 나면, 검룡소와 황지연못까지 달려가곤 했다. 지금은 45번 국도로 길이 일부 흡수돼버렸지만, 내가 3번과 5번 국도를 유난히 편애한 까닭도, 그 길을 따라가면 태백에 이르기 때문이었는지 모른다. 목계나루와 탄금대를 지나가는 그 길 말이다.

장강 답사를 시작하면서 이국땅에서 젊은 시절을 되돌아보니, 내 청춘은 산과 함께 강물을 따라 흘러갔구나! 그래서 나는 미련 없이 젊음을 흘려보냈구나! 거기 산과 강이 없었다면, 지금쯤 얼마나 공허했을까? 그런 생각을 하면서 산과 강에게 진실로 감사의 인사를 전하고 싶어진다. 그뿐 아니라, 다가올 노년 또한 나는 그러할 것이니, 언젠가 내가 건너야 할 저승길에도 높은 산과 푸른 강물이 기다리고 있었으면 좋겠다.

흔히 양쯔강으로 우리에게 알려진 창장(장강)은 6300km, 그러니까 일 만 리가 넘는 길이다. 상상하기 힘든 거리다. 중국인 중에서 그걸 온전히 답파한 건 관련 조사단을 빼고 나면, 국공전쟁 당시 홍군이 아마도 유일한 경험자들일 것이다. 그 길을 걸어서 1만 리 대장정을 달성한 그들의 그 뚝심이 지금의 중화인민공화국을 출범시킨 동력이었으니

농공홍군(자료사진)

말이다.

  그것은 불가능에서 가능을 일궈낸 기적이며 불멸의 신화에 가깝다. 중국인들은 아직도 그 치적을 중국정신의 이정표로 내세우는 걸 주저하지 않는다. 그래서 그때 죽은 이들은 혁명열사의 칭호를 받고 혁명열사능원에 잠들어 있다. 주로 가난한 농민과 공원들이어서 농공홍군이란 호칭이 붙는데, 당시의 자료화면을 보면 차림새가 남루하고, 형편없는 신발을 신고 있다. 그런 차림으로 그들은 드센 장강을 건너고 협곡을 지났으며 험준한 산을 넘어, 이 대륙을 붉은 색깔로 바꾸었다.

  나의 장강 답사는 출국 이전에 이미 세밀한 계획이 세워졌다. 한강을 그랬던 것처럼 장강 또한 하류부터 상류를 향해 거슬러 오른다는 계획이다. 상해-장가항-강음-진강-남경-무한-형주-이창-중경-운남-사천-티벳-청해성까지 표시가 되어있다.

  하류부터 거슬러 오르면, 장강은 중경을 지나면서 급전직하, 남쪽으로 내려가 윈난성을 지나고 시짱 자치구의 탕구라산을 거쳐, 티벳고원에 있는 강의 발원지 타타하沱沱河에 이르게 된다.

  우선 장강의 최하단에 위치한 상하이에서 바라본 장강은 이미 강이 아니었다. 바닷물에 뒤섞여 강다운 느낌이 일지 않는 데다가, 그대로 황해로 이어져 하나의 포구란 인상이 훨씬 압도했다. 장쟈강(장가항)과 쟝인(강음)에 와서야 나는

江

비로소 장강과 대면한 셈이다.

 일찍이 연암이 <일야구도하기>를 쓰셨으니, 그걸 쓰는 일은 이곳에 오기 전부터 마음먹은 일이기도 하다. 우선 쟝인(강음)부터 더듬어 나가자. 들뜬 마음으로 장강의 강안을 걷는다. 일단 신발에 흙을 묻혀보는 건 오래된 내 버릇이니까! 예상했던 대로 강물이 몹시 탁하다.

 강물에 손을 담그자 감전처럼 내 몸 속으로 물살이 박힌다. 짜릿하다. 장강도 그런 걸까? 몸을 한번 거칠게 흔든다. 강물의 떨림이 내 속으로 번져 전신으로 파문이 퍼져 나가는 걸 아득히 느낀다. 한참을 그렇게 앉아있다. 이 순간, 내 몸은 이미 장강의 일부란 생각이 든다. 강에게 하고 싶은 말이 있었으나 피차 입을 다문다.

 1만 리를 쉬지 않고 달려온 장강, 1만 리 거리와 그 보다 더 먼 세월을 지나오며, 숱한 사건을 등짐처럼 짊어지고, 그는 얼마나 무거웠을까? 장강은 확실히 황하와도 다르다. 황하는 시종 황토물이지만, 상류에서 맑은 물로 시작된 장강은 1만 리를 달려오는 동안 여러 번 얼굴빛과 표정을 바꾼다.

 중국인들은 이강을 웅혼한 남성적 기개로 말하지만 나는 장강을 상심하는 강, 고뇌의 강으로 읽는다. 이곳 강음과 장가항 쯤 하구에 이르면, 긴장도 얼마쯤 풀어져 고단한 표정이 역력하기 때문이다. 강 건너 난통시 쪽엔 난통 항구가 들어섰으며, 화물선이나 여객을 실어 나르는 바지선들이 줄지어 늘어섰으니, 여기서 누가 강의 낌새를 눈치챌 것인가? 허나 한사코 장강은 강과 바다의 구별을 원치 않는 눈치다.

　강변에서 무심코 수석 한 점을 줍는다. 이것 또한 내 버릇이지만, 장강과 살을 맞댔으니 그 징표라도 남길 요량이다. 그런데 줍고 보니 비록 소품이지만 예사롭지 않다. 두 사람이 마주보는 모습이랄까 한 배를 탄 모양의 문양석이다. 내가 손을 뻗는 순간, 장강은 우리의 만남을 이렇게라도 새겨주고 싶었던 모양이다.

　이제야 밝히지만 장강은 어디나 없이 출입금지다. 누구도 강물에 접근할 수 없다. 쇠말뚝 밖의 표지판엔 이렇게 쓰여있다. (출입금지, 위반시 벌금부과, 익사위험, 익사시 본인책임!......) 그래, 장강 입장에서 바라보면, 죽어도 좋아!(이건 오래된 영화 제목이다. 본디 에우리피데스의 <히폴리투스>란 비극을 패러디한 영화다) 하고 제 발로 다가오는 외국인에게 호의를 느꼈는지도 모른다. 한발 더 다가와 손을 내민 내 진심을 강은 알아챈 게 틀림없다. 그리곤 넌지시 조약돌에 그 마음을 담아 보낸 것이다.

　이 모든 정황이 강과 나의 질긴 인연을 뜻하는 것이라면, 국경을 넘어와서도 강물 쪽으로만 마음이 기우는 연유는 무엇일까? 그래서 나는 지금 니체를 빌어 내 마음을 변명한다. 흐름을 멈추는 곳에서 강은 사멸한다. 생각도 그렇다.

장강에서 주운 수석. 한 배 위에서 두 사람이 마주보는 모습이다

장강을 건너다

장강발원지인 탕굴라산

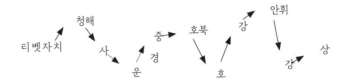

장강은 청해성 서남쪽 칭짱고원의 탕굴라唐古拉.tanggula 산에 있는 타타하에서 발원한다.『국가지리여행』은 물론 믿을 만한 책자마다 탕굴라산을 발원지로 소개하고 있지만, 대체로 타타호 한 곳으로 못박기보다는 산에서 흘러내린 많은 물길이 합수되어 장강의 근원을 이루는 것으로 이야기한다. 만년설이 녹아 흐르는 여러 개의 물줄기들이 장강의 근원인 셈이다. 재미있는 건 우리의 태백이 한강과 낙동강 두 강의 근원을 품고 있듯이, 이곳 청해호 일대는 장강과 황하의 근원 공작하孔雀河를 함께 품고 있다.

티벳어 탕굴라는 육당 최남선 선생의 입을 빌면, '대가리'tengri-tagari와 어원이 같다. 대가리는 바로 우두머리란 뜻이다. 위의 장강 경로에서 보듯 이 강은 악보의 선율처럼 오르락내리락 11개 성과 자치구를 통과한다.

탕굴라산의 만년설이 녹아내린 물줄기가 청해호를 만나 몸집을 불린 다음 서남향으로 운남과 사천 경계의 금사강金沙江과 합류하지만, 옥룡설산의 암벽에 막혀 방향을 튼

뒤 민강岷江과 이어져 마침내 장강의 풍모를 갖추게 된다. 여기서부터가 장강의 절정인 삼협三峽이다.

장강을 크게 세 구간으로 나눌 때 발원지로부터 의창宜昌 구간이 상류, 의창부터 호구湖口까지가 중류, 거기서부터 상하이까지가 하류로 분류된다. 특히 상류 구간의 길이가 4504km로 장강 길이의 70%에 해당한다.

하지만 장강의 절정은 장강삼협이다. 중경시 무산현의 무협巫峽, 중경과 호북성 사이의 구당협瞿塘峽, 중경과 의창시 제귀현 사이의 서릉협西陵峽이 그것이다.

봉절에 있는 백제성과 백제묘는 구당협 입구다. 유비가 관우의 원수를 갚기 위해 싸우다 육손에게 대패하자, 제갈량에게 아들 유선을 부탁하고 죽은 '유비탁고'劉備託孤, 또는 '백제탁고'白帝託孤 장소가 여기다. 예로부터 장강 상류를 통천하通天河라 하였으니, 장강을 지배하는 자가 천하를 지배한다는 뜻이다.

장강을 알지 못하면 강호江湖를 장악하지 못한다는 말이 있다. 강호란 장강과 동정호洞庭湖를 일컫는다. 유명한 악양루岳陽樓는 본디 오나라 손권이 수군을 훈련하여 동정호를 지키기 위해 세운 누각이다. 적벽대전지가 멀지 않은 것도 그 때문이다.

무한을 지나 강서성의 구강九江과 합류한 장강은 파양호

를 만나 몸을 키운 뒤 강소성의 난징 쪽으로 흘러간다. 구강에서 빼놓을 수 없는 게 려산廬山이다. 강서성 구강시 남쪽에 있는 려산1474m은 특히 중국의 문화, 종교, 사상사의 중심지로 꼽히는 명산이다.

도연명, 이백, 백거이, 왕안석 등이 두루 사랑한 산으로 그들의 자취가 남아있다. 백거이 초당은 물론 남송시대 주희朱熹가 건립한 백록동서원도 그대로 보존되고 있으며, 전성기엔 300여 개의 사찰이 있었다고 전한다. 이백의 유명한 시 <망여산폭포>望廬山瀑布의 무대가 바로 이곳이다.

물줄기 쏟아져 길이는 삼천 척
하늘에서 은하수가 떨어지는지
飛流直下三千尺／疑是銀河落九天

이 강물 위에 살과 피가 뿌려졌다. 사랑과 이별, 유랑과 유배, 길고 고된 대장정이 있었다. 그리고 지금 그 강물 위에 한 세기를 바꾼 대역사, 샨샤댐이 세워졌다.

장강의 역사는 유장한 문화예술의 역사이며 한편의 잘 짜여진 드라마다. 그래서 그 물길은 질곡의 속내를 고스란히 비추는 거울이다. 이 강물 위에서 숱한 전쟁이 있었다. 그것은 이민족과의 싸움이 아니라, 드넓은 대륙 안에서 이루어진 통합을 향한 내홍이었다. 유명한 형주, 장강 삼협, 그리고 적벽이 모두 장강 기슭이다.

사납던 물줄기가 절강성 구강九江, 안후이성 안경安慶, 강소성 남경南京을 차례로 거치는 동안 유순해져서, 양주揚洲

들녘쯤에 이르면 회안평원의 끝자락을 부드럽게 보듬는 것이다. 이 물줄기가 난퉁南通을 빠져나가면 바다와 만나는 상하이다. 길고긴 장강답사가 끝나간다. 이제 소풍처럼 편안한 마지막 여정만 남았다.

나는 지금 장자강長家港 스지에강西界港에서 난퉁까지 가는 바지선 위에 있다. 여기서 장강을 건너다보면 강물은 마치 바다 저편처럼 가물거린다. 어선과 상선이 뒤섞여 강물이라기보다 어느 바닷가 항구란 인상이 더 짙다. 차량을 빼곡히 실은 바지선 선상에서 장강을 본다. 강폭은 광활하고 물결은 몹시 탁하다. 이곳에도 다리가 세워진다면 어마어마한 길이의 교량이 될 것이다. 이들이 높고 긴 걸 좋아하는 건 본시 중국의 산과 강, 자연 상태가 그러하기 때문은 아닐까.

강남에서 강북으로 곧장 북상하는 길이다. 드넓은 강폭이 양쪽의 말투와 인심도 갈라놓아 강북에서 강남을 바라보는 시선이 곱지 않다. 소가죽을 뜻하는 강북의 '리우피'가 강남에선 '여우피'로 발음되거나 말끝마다 '야'가 달라붙는 것도 강남사투리의 특징이다.

이제 나는 난퉁, 루뚱如東, 루가오如皋를 거쳐 하이안海安까지 이를 예정이다. 하이안에 있는 친구·황정주 사장을 만나 긴 여정으로 지친 몸을 달래볼 요량이다. '동쪽으로'란 뜻의 루뚱은 그 이름 탓에 몹시 궁금했던 마을인데, 별다른 특징이 없어 실망이 크다.

난퉁과 하이안 주변은 특히 교육열이 높기로 유명하다.

내가 가르치고 있는 학생들 중에도 엄결설, 시양양, 위빈빈은 모두 이 일대 출신들인데 우등생들이다.

　탁류를 헤치고 강물을 거슬러 오르며 생각한다. 만리장성이란 것도 어쩌면 만 리 장강의 길이로부터 태어난 건 아닐까 하고. 중국인들에게 만 리란 개념은 민족적 에토스의 상징적 거리인 동시에 절대 길이의 척도란 생각이 든다. 이들의 무의식 속엔 만 리를 통과해야만 안도하는 유전자가 숨어있는지도 모른다. 높크고 길며 웅장한 걸 신뢰하는 기질도 장강의 길이가 남긴 유산은 아닐까.

　그렇다면 만 리 장강의 길이가 황국의 이미지, 나아가 중화사상의 발원지는 아니었을까. 생각이 여기 미치자 와카바야시 미키오가 쓴 『지도의 상상력』이란 책이 떠오른다.

　고대 중국의 한 문관文官이 저술한 정치학적 고찰이라는 체재를 취하고 있는 프란츠 카프카의 단편 〈만리장성〉은, '세계의 확장'에 의한 세계상과 사회상의 변용이 어떠한 것인지를 이해할 수 있는 하나의 이미지를 제공한다. 이 소설 속에 등장하는 고대 중국의 백성들은 자신들이 사는 나라의 전체상은 물론 황제의 도시가 어딘지도 모른다. 그곳은 광대한 국토에 산재하는 마을들로부터 대단히 멀리 떨어져 있으며, 가난한 마을 밖에 알지 못하는 사람들로서는 장려한 도시의 모습을 상상조차 할 수 없다. 이 지상의 어딘가에 황제가 살고 있고, 자신들은 그에게 봉사하는 백성이라는 관념만이 이곳 사람들을 사로잡고 있다. (중략)

　장성건설 현장으로 향할 때, 마을 사람들이 먼 거리까지 그들을 배웅했다. 거리마다 사람들이 넘치고, 작은 기旗와 삼각형의 깃발이 나부끼고 있었다. 자신들의 조국이 이처럼 위대하고 풍요로우며 아름답고 사랑스럽게 보인 적은 일찍이 없었다. 모두가 피를 나눈 형제이며, 그 동포를 위한 성벽 축조인 것이다. 형제들은 평생 동안 감사하는 마음을 잊지 말라. 단결이다. 일심동체이다! 가슴과 가슴을 단단히 맞댄 민족의 윤무輪舞이며, 뜨거운 피는 더 이상 하찮은 육신의 순환에만 머무는 것이 아니다. 그것은 광대무비한 중국의 대지로 흘러 성난 파도처럼 밀려왔다가 밀려간다.

카프카Kafka의 소설 속에 그려진 기원전 3세기, 장성 건축 노동자들의 이 모습은 일만 리 대장정에 참여한 중국공산당의 일면을 그대로 닮았다.

와카바야시 미키오는 장성 축조에서 제국의 이미지를 본다. 그렇다면 20세기 전반부에 이루어진 대장정의 의미는 어떻게 해석해야 할까. 농공홍군이 대륙을 붉게 물들였던, 이 전대미문의 행군을 이해하기 위해선 장강의 단순한 현존이 아니라 무형의 강물, 중국인의 집단무의식을 관류하는 저 도도한 흐름을 알아야 한다.

『열하일기』<장대기>將臺記에서 연암도 말한다. 만리장성을 보지 않고서는 중국의 큼을 모를 것이요, 산해관을 보지 못하고선 중국의 제도를 알지 못할 것이라고 말이다.

장강은 중국 정신사의 모태이며 젖줄이다. 그들은 저 강

만리장성의 진면목을 보여주는 베이징지에 구간

물에 기대어 만리장성을 축조하였으며 세계제국의 열망, 황국시민의 꿈을 키워왔기 때문이다. 그러므로 장강은 그냥 강물이 아니라, 세계의 중심을 통과하는 성소이며 지구의 평형을 유지하는 중심축이었던 셈이다.

황국의 신민이며 중국이 세계의 중심이란 무의식은 만리장성의 축조 – 그 불가능을 가능으로 바꾼 힘이었으며 샨샤땜 – 현대판 만리장성의 복구를 성취해낸 원동력이다.

아니다. 장강은 비로소 21세기 세계의 중심으로 부활하고 있는 중국의 저력이며 그 얼굴이다. 다만 만리장강은 부침의 역사, 희망과 절망의 세월, 짐짓 그걸 모른 척 오늘도 유유히 흐르고 있다. 그래서 내 눈엔 장강이 이미 희노애락의 감정을 그 물굽이 속에 감추고 있는 것처럼 보인다.

환자, 양주에 가다

  드디어 양주揚州땅을 밟는다. 양주는 문화 예술의 고향이다. 그래서 이곳 사람들의 자부심 또한 대단하다. 벼르고 벼른 보람이 있다. 이미 룬양(윤양)대교를 건너며, 지도에도 선명히 표시된 삼각주 마을과 대면하는 순간, 이번 양주행이 특별한 인상으로 남으리란 예감이 든다.

  양주는 운하의 도시다. 강남의 대표가 소주라면, 강북의 대표가 양주다. 수양제는 양주에 대운하를 건설하고, 이곳을 강도江都라고 불렀다. 양제는 수도 장안보다 양주를 좋아해 이곳에 자주 머물렀으며, 반란으로 그가 암살당한 곳도 여기다. 그러니까 장강이 사람 인人 자 모양을 그리며 여길 빠져나가는 사이, 상류부터 몰고 온 거름기를 이곳 삼각주에 부려놓아 비옥한 땅으로 바꿨을 터다. 이름하여 강회평원의 남쪽 끝이 여기다.

  고운 최치원催致遠857~?선생이 당나라 유학을 한 사실을 우리는 알고 있다. 그분이 12살 어린 나이에 유학했던 곳이 바로 양주다. 그 어린 나이에 고운은 알기나 했을까? 자신의 일생이 외로움 속에서 끝없이 누군가를 기다리며, 구름처럼 떠돌아야 할 운명이란 걸. 그의 아호가 마침 고운이요 해운이다. 바다구름이 어찌 머무는 자리가 있을까? 그러나 그 외로움이 문사의 양식이니, 해동천재로 불린 대문호가 되기까지 그분 또한 주체 못할 고적 속을 헤매었으리라.

어쩌면 최고운 선생은 자신보다 200여 년 전 이곳에 유학한 의상義湘625~702대사를 길잡이로 여겼는지 모른다. 원효와 함께 당나라 유학길에 올랐다가, 원효가 해골 물을 마시고 되돌아가자, 혼자 유학을 떠났던 그 의상 말이다. 『의상전교』에 의하면, 의상이 유학한 곳도 이곳 양주였다. 유학생활의 저간 기록이 없으나, 의상 또한 절벽 같은 고독과 마주쳤을지 모른다.

외로움이란 형벌엔 동서와 고금의 차이가 있을 리 없다. 이런 영혼의 형벌을 짐 지고 태어난 자, 그 이름이 바로 시인이 아닌가? 보들레르가 '저주받은 자'라고 일컬은 사람들 말이다. 18세기 양주팔괴楊洲八怪로 불린, 금농, 황신, 정판교, 이선, 왕사신, 고상, 나빙, 화암 등의 문화놀이터가 양주였다. 양주팔괴 뿐인가. 근세로 오면 유명한 주자청 선생의 고향이요, 손용부나 장옥량 같은 화가, 왕만표나 임중해 같은 음악가, 주석을 지낸 쟝쩌민의 고향이기도 하다.

저절로 이백,유우석,백거이,두목,구양수,소동파가 글을

쓰고 머물렀던 '거원'↑園부터 발길이 닿는다. 시대를 이어, 당송대의 대문호들이 집결했던 문화살롱이요 사랑방이다. 그분들의 자취를 더듬느라 해가는 줄 모른다.

시공이란 이렇듯 수유의 촛불이었구나! 그건 셰익스피어가 『맥베드』에서 읊조린 말이다. 거기 발길과 발길이 보태져, 누구의 발자욱인지 알 수가 없다. 그 희미한 길목을 더터나가 한몸처럼 영혼의 교류가 이루어지는 순간, 우리는 그걸 '육화'라 부르는 것이다.

거금 2500년의 역사를 지닌 양주성은 세계문화유산이다. 예로부터 녹양성곽이라 하여, 이곳이 버들의 고장이었음을 알린다. 지금도 눈길이 닿는 곳마다 수양버들이다. 연기처럼 피어나는 버들꽃이나 녹음에 뒤덮였을 성곽의 옛 모습을 떠올려 본다.

다음 만청 제일원으로 꼽히는 '하원'에 들러 주자청 선생의 자취를 살핀다. 도대체 양주는 발길을 한곳에 머물 수 없게 만든다. 그래서 눈길만 바빠진다.

양주운하

수서호의 미려한 풍광은 물론 중국 특유의 전통가옥이 즐비하다. 하늘이 맑고 공기도 쾌적하다. 삼 개월 만에 푸른 하늘을 보고 밤엔 별을 본다. 그러면서 생각하는 것이다. 천지의 기운이 사람을 만들고, 그 지리와 풍토, 곧 수맥이나 공기의 흐름이 인간 정서를 움직여 그런 터전에서만 그만한 인물을 낳기 마련이라고.

양저우는 하나의 유물전시관 같은 인상을 준다.

교통편이나 편의시설, 그리고 땅값에 이끌려 집을 옮겨 다니는 행위야말로 지극히 우매한 인생이라고! 사실 양주는 내가 머물고 있는 강남의 상주보다 작은 도시이고, 집값도 훨씬 싼 강북이다. 하지만 나에게 살 곳을 선택하라면 백 번 다 양주다.

1912년 설립되어, 백년의 역사를 지닌 양주대학에 와서 최치원 선생의 환영을 본다. 거기 백 명이 넘는 우리 유학생들이 선생의 뒤를 이어 공부하고 있다. 기품 있게 지어진 석조관 앞에서 사진을 찍는다. 오래된 나무숲을 거닐며, 이만한 캠퍼스라면 공부하고 연구할 분위기가 절로 일겠구나 생각하는 것이다.

최치원기념관

한국문화원과 영사관, 그리고 이곳에 진출한 대기업들이 후원하고, 강소성이 주관한 한국인 웅변대회에 참관하러 온 길이다. 사실은 내가 가르치는 한국어과 학생 두 명을 열흘간 훈련시켜 데리고 왔다. 나는 초등학교 시절, 웅변대회에 나가 상을 받은 경력이 있다. 소풀을 뜯기며 웅변원고를 다 외우고 나니, 우리 소가 남의 콩밭을 절반이나 먹어치운 후였다. 어쩐지 고분고분하다 했지!

이렇듯 한 가지 일에 빠지면 정신을 빼앗기는 건 그때부터 생긴 병인지 모른다. 그런데 웅변대회엔 별 관심이 없고 옛 성곽, 하원, 거원, 수서호 등에만 정신이 팔려있는 것이다. 이러다가 또 남의 콩밭 다 뜯길라! 두 명 모두, 3등과 우수상으로 입상했으니 다행이긴 하다.

　마음이 콩밭에 가있다 했던가? 스승의 마음도 모르는 학생들은 빨리 돌아가자 채근이지만, 어제에 이어 다시 적잖은 다리품을 팔고서야 상주로 돌아온다. 돌아오는 차 안에서 학생들이 내게 묻는다. 교수님은 왜 돌아다니시길 좋아해요? 궁금해서 그런다. 피곤하지 않으세요? 정신이 팔리면 아무것도 못 느낀다. 한국에서도 그러세요? 오래전에 생긴 병이다. 의아한 표정을 짓더니, 그럼 환자셨어요? 그래 중환자란다!

저 낡은 것들

이것도 질환이라면 고질병에 속한다. 새것이 주는 생경함 대신 옛것이나 낡은 것이 안겨주는 푸근함 말이다. 서울에 살면서도 도심이나 강남 쪽보단 오래된 마을들, 통인동이나 효자동 쪽, 가회동에서 정릉으로 넘어오는 산길, 성곽이나 산성을 내 그토록 좋아하는 까닭 말이다.

생각해 보니 딱히 병명도 떠오르지 않는다. 이건 천석고황과도 또 다른 질병일 테니, 혹시 의고적 편향증이라 불러보면 어떨까? 고질병이란 고칠 수 없는 질병이다. 중국에 와서도 예후가 여전히 개선될 징후를 보이지 않는다.

나는 중국의 급격한 도시개발에 대해 우려가 많다. 지역마다의 특징이 사라지고 있다. 똑 같은 고층빌딩과 넓은 도로, 가로수와 도심공원이 모두 닮았다. 삼십 년 전의 한국이 그랬던 것처럼 이들도 언젠가 허물어버린 옛집에 대해, 개성을 뭉개버린 경솔함에 대해 후회할 때가 있을 것이다.

이젠 도시보다 되도록 낡고 허름한 것들을 따라 잊혀진

시골마을을 찾아갈 생각이다. 로만 야콥슨이 '오직 변두리로!'라고 외친 의도를 나는 그렇게 구부려서 활용해볼 생각이다. 하지만 교통편이나 지도가 변두리를 소홀히 다루어 여간 어려움이 따르는 게 아니다.

아무튼 다시 난징에 왔다. 난징은 대도시지만 옛 고도의 풍취를 잃지 않고 있어서 좋다. 난징에 오면 현무호를 바라보고 서있고 싶다. 오래된 집들과 유적을 기웃거리느라 시간 가는 줄 모른다.

해방 뒤 세워진 장강대교는 전체 길이가 6700m다. 이 다리는 절망을 딛고 일어선 중국의 재기를 의미하는 기념비적 교각이다.

1853년부터 11년간 이어진 태평천국의 수도도 난징이다. 열강의 중국침략과 부패한 청조에 맞서 민간 반란군이 세운 정부가 태평천국이다. 천왕인 홍수전洪秀全은 이곳을 천경天京이라 불렀다. 그 영향인지 난징 거리엔 아직도 '천경 호텔'이나 '천경 식당' 같은 간판들이 많다. 하지만 십 년 이상을 유지하던 태평천국군은 내부분열로 1864년 소주에 이어 항주마저 잃고, 같은 해 7월19일 천경은 함락된다.

난징에 오면 중화문과 만나는 게 기쁘다. 거기부터 원, 명, 청대로 이어온 옛 성곽을 한바퀴 돈다. 꼬박 한나절 코스다. 성곽 곁으로 진회하秦淮河가 흐른다. 진회하의 풍광과 중국에서만 느낄 수 있는 거리를 구경한다. 진회하는 진시황 시절, 통방산에서 물줄기를 끌어와 농어업과 통상 수단으로 쓰기 위해 만들어진 운하다. 아니 운하라기 보단 차라리 넓은 강이다.

이 운하가 얼마나 소중했으면 '육조금분'으로 불렸을까? 말 그대로 '금싸라기'란 뜻이다. 또한 수군이 정박하여 외적을 지켰으니, 그걸 요새로 삼아 축조된 성곽의 정문이 중화문이다. 진회하가 아름답다면 중화문은 높은 품격이 있다. 한눈에 거기 반해버린다. 나는 반하면 자리를 쉽게 뜨지 못한다. 우리 남대문을 떠올린다. 문만 남고 도성이 잘려나간 모습이 몹시 춥게 느껴진다. 중화문은 성곽을 껴입고 있어 보기에도 훈훈하다.

내가 경탄하는 건 성과 성문의 축조기술이다. 아름답고 튼튼할 뿐 아니라, 입체감을 지닌 요새다. 몇 겹의 장중한 중문을 거쳐 망루에 이르고, 성 위에서 아래를 향해 우마차나 화포가 통래하도록 좌우로 경사면의 도로까지 갖춰져 있다. 그런데 그 실용성마저 예술적 안목을 전혀 손상시키지 않은 점이 놀랍다.

하긴 벌써 오래전 진나라 도읍 시안성西安城을 보고 놀란 적이 있다. 성곽 위에 오늘날 도로만한 넓이의 길이 만들어졌기 때문이다. 물론 지금 보는 성곽은 명나라 때 축조된 것이니, 그 무렵 중국은 벌써 오늘날에도 쉽지 않은 성곽축조 기술을 보유하고 있었다는 뜻이다. 생존을 목전에 둔 싸움터일망정 아름다움에 대한 열망을 숨기지 않았다는 사실이 믿기 어려웠다.

江

고대문화의 표징이 바로 성곽이다. 그래서 그걸 보면 당시의 문화, 경제, 과학기술 정도를 살필 수 있을 뿐 아니라, 예술에 대한 안목을 짐작할 수 있다.

 나는 여러 차례 우리의 옛 성을 답사한 일이 있다. 흔적조차 희미한 아차산성, 경주 월성터, 몽촌토성으로부터 낙안읍성, 해미읍성, 수원화성, 강화 삼랑성, 북한산성, 남한산성... 그중에서 역시 압권은 수원화성인데, 시기가 비교적 늦은 18세기다.

 그나마 그걸 설계한 다산의 과학적 안목과 미적 감각 덕분에 우리도 그만큼 아름다운 성곽을 가질 수 있었다. 내가 수없이 찾았던 북한산성이나 남한산성은 산이란 입지조건을 고려하더라도, 중국의 만리장성에 비하면 입체성이 떨어진다. 훌륭한 화강암 석성이지만, 낮고 단조로운 구조란 게 아쉽다. 거기 동원된 인력의 손실과 그 노고를 모르고 하는 말이 아니다.

난징, 원명대고성에서

이다. 성곽이든 문학이든 마찬가지다. 내가 오늘 중화문에 기대어 예술을 생각하는 이유도 그 때문이다. 몇 겹의 입체감이 안겨주는 위안감이란 확실히 고대예술의 큰 특징이다. 내가 낡은 것을 편애하는 무의식도 그것 때문인지 모른다. 그것은 비유컨대 단조로운 창문과 꽃살문의 차이다.

현대성이 시각적이고 기능적이라면, 고대성은 사색적이고 입체적이다. 들여다볼수록 해석의 가능성이 깊어지고, 그 의중이 무한까지 넓혀지기 때문이다. 이것을 문학 쪽에서 바라보면, 홑겹의 문학이란 읽기 쉽고 이해가 편하지만, 영혼을 거세게 뒤흔드는 힘이 딸린다. 현대인의 사유력이 약화된 것이나, 심오한 걸 회피하는 심리는 입체성의힘, 그 신비하면서도 난해한 맛! 아우라의 깊은 매력을 모르고 있기 때문이다.

아, 소동파!

　동쪽 언덕, 동파東坡의 본명은 소식蘇軾1036-1101이다.
아버지 소순, 아우 소철과 함께 '삼소'三蘇로 문명을 떨쳤
으니, 삼부자 모두 당송팔대가다. 북송시대를 대변하는 동
파는 역시 당송팔대가인 선배시인 구양수歐陽脩를 흠모했
으나, 16년 연상의 왕안석王安石1021-1086과는 견원지간
이었다. 신동의 명성을 이어 약관에 장원급제, 24세 때 항
주부지사로 출발할 당시만 해도 그의 앞길엔 물결이 거세
지 않았다.
　그러나 타고난 낙천적 열성, 정의감, 타협을 모르는 성
품이 화근이라면 화근이었다. 삼십 초반의 동파는 30살의
송신종이 당파에 휘둘릴 때, 붓끝을 고추 세워 불의를 꾸
짖었으니, 1069년 왕안석의 개혁이 성난 물결처럼 천하
를 휘저을 무렵에도 스승 구양수의 변법 반대에 동참하고
나섰다. 제도의 정치적 개혁이나 구습 타파만이 능사는 아
니며 구호와 선동이 몰고 올 후유증을 예견했기 때문이다.
그래서 동파는 제도 개혁에 앞서 의식의 개혁, 문화적 각

성을 주창했다. 하지만 정권을 좌우하던 개혁파의 왕안석이 재상으로 발탁되는가 하면, 사마광1019-1086이나 왕안석의 뒤를 이어 재상에 오르는 왕규, 이정 등이 모두 개혁파였으니, 당파에 초연했던 동파 혼자선 버거운 상대들이었다.

더구나 동파가 그토록 사랑했던 부인 왕불王弗마저 26세, 꽃다운 나이에 요절하자, 그는 대양을 떠도는 조각배와 다름없는 처지가 되고 만다. 그 슬픔이 얼마나 극진했으면 십 년을 홀로 살았을까? 달을 봐도 왕불이요, 솔바람 소리를 들어도 그녀 생각이라고 읊었다. 그 무렵 많은 비가가 쓰여진 것도 그 때문이다. 개혁파의 모함과 탄압이 거세질수록, 동파 또한 더 많은 글을 썼으니, 글만이 저항의 수단이었으며, 정의의 징표였기 때문이다.

강소성에서 절강성으로, 항주, 서주를 시작으로 호주, 황주에 이르기까지 소중한 젊음을 척박한 외직으로만 떠돌았으니, 차라리 대문호를 위한 하늘의 뜻이었나 보다. 유명한 <적벽부>赤壁賦를 비롯하여, 주옥같은 시편들이 떠돌이의 산물이었으니 말이다. 재혼이 실패로 끝나고 39세 때 소실 조운朝雲에게서 새로운 사랑을 찾았으나, 동파가 회갑을 맞이하던 해 그녀마저 별세하자, 동파의 문학세계 또한 큰 전환점을 그린다. 지상이 아니라 천상을 노래하거나, 현실이 아니라 꿈을 소재로 한 새로운 상상력의 진수가 이때 선을 보인다.

江

동파가 벼루와 붓을 빨던 세연지에서

　이백李白의 <파주문월>把酒問月을 연상시키는 이 시는 이
백이 무한한 자연과 유한한 인간을 대비시킨데 비해, 달과
시인이 이미 한 몸으로 육화된 경지를 보여준다. 40세 밀
주지주密州知州 재임시, 제남濟南에 있는 아우 소철을 그리
며 쓴 시다.

　밝은 달은 시방 어느 때인가?
　술잔 들어 푸른 하늘에 묻노니
　천상궁궐 어딘지 알 수가 없고
　옛날과 지금은 그 몇 해인가?

44세에 또 다시 한직인 절강성 호주지사로 부름을 받자, 황은에 감사한다는 <호주사상표>湖州謝上表를 바친다. 이번에도 왕규와 이정 일파가 꼬투리를 잡고 나선다. 불경엔 '일견사수一見四水'란 말이 있다. 같은 물도 마음의 눈길에 따라 네 개로 보인다는 뜻이다. 뜻글자인 한자문화권 안에서 '문자옥'이 활개친 건 해석을 왜곡시키면 멀쩡한 사람도 죄인으로 둔갑하기 때문이다. 누가 봐도 특별한 인재였으나, 한직으로 내몰린 걸 감사하다니! 그걸 모사한 사람들 눈엔 그 글이 온전히 읽혔을 리 만무하다. 조정우롱, 황제비난, 임금을 존중치 않았으며 충절을 잃었다 등의 죄목을 씌워 사형을 집요하게 상소한다. 신종이 이를 받아들여 죄의 심리를 명했으니, 심문과 답변을 기록한 문서가 유명한 오대시안烏臺詩案이다.

줏대 없는 황제였으나 사형만은 거절한다. 가까스로 위기에서 벗어나지만 직급이 강등된 채 황주, 혜주의 지방관으로 떠돌며 극심한 신고를 겪는다. 네 아들 중 가장 총명한 셋째 소과蘇過에게 소파小坡란 호를 내린 게 그 무렵이다. 자신처럼 거친 언덕이 되어 세파에 맞지 않기를 염원한 아비의 정이다. 그러나 하늘도 무심하구나! 사랑하는 그 아들마저 앞세워야 했으니, 동파문학도 불교적 내세관, 인생무상, 그리고 꿈의 세계로 더 기운다. <기몽>記夢이란 '꿈의 기록'이다. 그의 글은 현실에서 멀어져 점점 더 상상의 늪으로 빠져든다.

십 년 동안 삶과 죽음으로 멀리 떨어져

생각지 않으려 해도 잊기는 어려워
천리길 외로운 무덤가 처량함 말할 길 없네
다시 만난들 알아보지도 못하리
얼굴은 먼지 가득, 내 귀밑머리 흰서리 내렸으니

송신종의 뒤를 이어 18세의 송철종이 즉위하자, 황후의 섭정을 등에 업은 모리배들의 책동은 극에 달한다. 동파 또한 일엽편주처럼 흐르고 흘러 노년에 당도하고 말았으니, 부질없구나 세월이여! 정의란 이름이여! 정주에서 경주로, 거기서 다시 광주와 해남으로, 병든 노구를 이끌고 옮겨 다닌다. 3품대관이던 그의 신분도 7품과 9품 사이를 오가면서 말이다. 온갖 환난에도 굽히지 않고 시 3000여편을 포함, 7800여편의 글, 적잖은 수묵화,화조화까지 남긴, 이 불세출의 천재는 미욱한 인간들이 오염시킨 지상을 꽃으로 바꾸고 싶었던 연금술사다.

송철종이 자식 없이 죽자 송휘종이 즉위하였으니, 동파 나이 65세다. 그러나 적들은 무자비하였구나! 병든 노인을 바다 건너 염주에 유폐시켰으니, 이른바 염주안치廉州安置다. 50세때 상주常州 거주를 요청하여 상주에 머문 이래, 65세 병에 걸려 상주(오오, 나도 세 달 전 여기왔다)에서 몸져누웠으니, 동파가 눈을 감은 건 이듬해인 66세 상주에서다. 묻노니, 역사여! 누가 대시인을 죽였는가? 젊은 시절의 상처, 중년의 거센 파도, 노년의 자식상까지 실로 동파는 한 인간이 겪기엔 너무 많은 역사를 홀로 짐 졌구나!

붕당을 만들고 패거리를 지어 움직일 때, 그 홀로 휩쓸

리지 않은 건 절대가치가 무엇인지 알고 있었음이다. 속인
들의 준동에 오직 시로 응수하였으니, 그만이 참 시인이었
기 때문이구나. 내 대신 묻노니 적들이여! 역사는 어떻게
흘러갔는가? 그토록 눈부시던 북송문화도 동파 사후 이십
여 년을 버티다 그예 멸망하고 말았으니, 과연 누가 역사
의 죄인인가?...'
천리 밖을 염려하지 않으면 환란이 눈앞에 닥친다. 닥쳐서

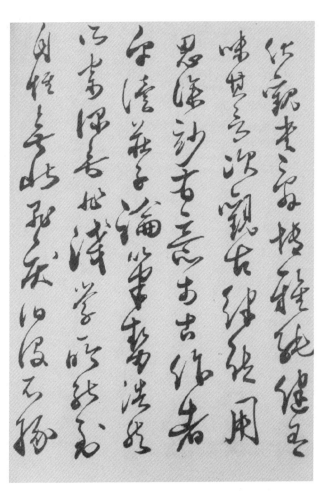

소동파의 필체, 흔히 제1이 왕희지, 제2가
안진경, 제3이 소동파로 꼽힌다

야 뉘우치는 자는 저급한 자다'... 오늘 동파서실을 다시 찾아 이토록 가슴이 미어지는 건, 역사란 순환하는 것이며, 악이란 근절되지 않는 종양이기 때문이다. 아니다. 황해 건너 적들은 아직도 실눈을 뜨고, 또 다른 음모를 꾸미고 있기 때문이구나.

江

시적 절망! 황학루

황학루黃鶴樓를 떠올릴 때마다, 나는 시적 절망을 배운다. 경탄의 대상 앞에서 머뭇거리고 골몰하는 시인의 영혼을 본다. 그러나 이윽고 절망만이 얼마나 큰 은총인가를 깨닫는다.

황학루에 오른다. 거금 1700년, 오나라 황무 2년 건립된 이 정자는 그동안 일곱 번이나 소실되고, 1985년 지금 모습으로 복원된 5층 누각엔 엘리베이터까지 설치되어 있다. 굳이 다리품을 팔면서 51.5m를 걸어 오르는 건 누각의 숨결을 느끼고 싶어서다.

백거이白居易, 육유陸游 등 수많은 시인이 황학루를 읊은 시를 남겼지만, 당나라 최호崔顥의 '황학루'가 단연 백미로 꼽힌다.

옛 사람 황학 타고 가버린 뒤 / 지금은 텅 빈 황학루만 남았네 / 한번 간 황학은 다시 오지 않고 / 흰 구름만 천 년을 기

황학루

다리네 / 푸른 물에 한양의 나무 뚜렷하고 / 앵무주엔 봄풀만 돋아났으니 / 해질녘 고향 땅 어디쯤인가 / 강안개에 시름만 깊어가노니

옛 사람 황학 타고 가버린 뒤, 昔人已乘黃鶴去... 이렇게 시작되는 최호의 시는 황학루 축대 하단에도 새겨져 있다. 그리고 그 맞은편엔 이백李白이 이 시에 감동하여 붓을 던져버린 정자가 있다. 말 그대로 각필정擱筆亭... 눈 앞에 절경을 마주하고도 시상이 떠오르지 않는 건, 최호의 시제가

걸려있기 때문, 眼前有景道不得 崔顥題詩在上頭... 얼마나 매력적인 절망인가. 절대 시감을 아는 자만이 좋은 시 앞에서 절망할 줄 안다. 그건 탐미에 대한 인식론적 절망이며, 타자지향적 미학이다. 아니 상대주의 세계관에 눈을 뜬 자의 차원 높은 겸양이다.

못내 아쉬웠던 걸까? 기어코 이곳을 다시 찾은 이백은 '황학루송맹호연지광릉黃鶴樓送孟浩然之廣陵' 시인 맹호연을 광릉(양주)으로 보내는 송별시를 여기 남긴다... 안개 낀 삼월, 친구는 양주로 떠나네 烟花三月下揚州... 그 유명한 구절은 바로 여기서 나온다.

황학루에 오르니, 무한 제1장강대교가 한 눈에 보인다. 이 다리는 1957년 건설된 장강 최초의 다리다. 서호와 쌍벽을 이루는 동호東湖는 물론 장강과 한강漢江이 합류하는 두물머리가 보인다. 과연 경관 중의 경관이다. 이백도 이 곳에 장관壯觀이란 글자를 남겼는데, '장壯' 자의 우측 상단에 점 하나를 찍어, 장관 중의 장관임을 강조했으니 말이다.

잠시 호북성 박물관으로 발길을 돌리면, 우선 그 규모에 압도되고 만다. 초나라 문화의 풍모와 구연돈九連墩고분 유적, 고대 악기 및 자기, 생활용품을 둘러보는데 다리가 아플 지경이다. 삼국 전 당시 병거나 말과 함께 매장된 병사들 모습이 화석처럼 흙속에 박혀있는데, 현장을 통째로 떠다가 옮겨 놓았다.

이곳 무한武漢은 혁명의 땅이다. 무한은 무창武昌, 한구韓口, 한양韓陽, 세 지역이 통합된 지명이다. 1853년 1월, 태평천국군이 이곳 무창을 함락하였으니 최초의 성도 점령이다. 1911년 10월 10일의 무창 봉기는 신해혁명의 도화선이 되어, 1912년 1월 1일 손문孫文을 대총통으로 옹립한 난징정부가 수립된다.

49세 손문과 22세의 미국 유학생 송경령의 운명적 만남도 여기서 시작된다. 고작 10년간 이어질 그들의 결혼은 그러나 중국근대사의 기념비적 사건이다. 그걸 기념한 신해혁명기념관 앞엔 손문의 동상이 서있다. 붉은 벽돌로 지어진 운치 있는 기념관 지붕 너머로 잡힐 듯 황학루가 보인다.

무한에도 눈이 소복하게 내렸다. 덕분에 유명한 홍산채태

洪山菜苔의 진미를 끼니마다 맛보는 행운을 누린다. 이곳에서만 나는 이 야채는 맛이나 생김새 모두 미나리와 죽순을 합쳐놓은 것 같다. 겨울눈을 맞을 때가 제철이라니, 어느 겨울 눈 내린 제주에서 먹던 동지노물이 떠오른다.

 무한에서 잊을 수 없는 음식은 또 있다. 두포계肚包鷄, 소의 위장을 풍선처럼 부풀려 그 안에 통닭을 집어넣은 솜씨는 신기에 가깝다. 그리고 소 위장을 길쭉길쭉 썰어넣어 닭고기 국물과 함께 끓인 음식인데 이 독특한 감칠맛을 나는 평생 잊지 못할 것이다.

무한, 신해혁명기념관

한산사에서 통리까지

꽃잎처럼 펼쳐진 가람의 배치, 석대 위로 정교하게 얹힌 목조 건축물, 아름다운 종루를 중심으로 낮고 길게 이어진 회랑, 창살의 장식과 돌층계의 문양들. 이건 사찰이라기보다 예술가의 조각에 가깝다.

한산사를 생각할 때마다 나는 왜 퇴락한 건물의 높은 추녀와 가파르고 음습한 계단만 떠올렸던 걸까? 뜻밖에도 한산사의 자태가 너무 곱고 화려해서 당황한다.

거기 불당 중앙을 차지한 건 한산寒山과 습득拾得의 금불상이다. 습득의 손엔 꽃병이, 한산의 손엔 꽃 한 송이가 들려있다. 뭘 말하려는 걸까? 천지와 음양의 조화가 그런 것처럼 존재란 자타의 합일을 통해야만 완성된다는 암시는 아닐까? 인간의 의식은 진술을 거부하는 경향이 있기 때문에 주장하는 것보다 암시가 훨씬 효과적이라고 한 보르헤스는 현명하다.

내가 여기 이르기까지는 23년이란 세월이 걸린 셈이구

나. 1984년 석사논문이 통과된 시점부터 따지면 말이다. <알 수 없어요>란 시중에... 근원을 알 수 없는 곳에서 나서 돌뿌리를 울리고 가늘게 흐르는 작은 시내... 그 부분을 '물은 흘러도 그 근원은 끝이 없고'란 『한산시』가 결정적 논거를 제시해 주었기 때문이다. 그때부터 한산사에 오고 싶었다.

그러나 한산과 습득의 일화가 무궁무진한 것처럼『한산시』의 심오한 경지는 이십 여 년 세월을 지나와서도 여전히 안개 속이다.

한산문실에서 내려다본 한산사의 지붕들

그 대신 2층 중앙누각엔 <한산문실>이란 현판이 아직도 걸려있어, 저곳에서 『한산시』가 쓰여졌다는 걸 짐작하게 할 뿐이다. 당시엔 첩첩산중이었을 한산사도 그 세월만큼 떠밀린 탓일까. 도심에 서있다는 게 자꾸 마음에 걸린다.

사실 한산사는 남조 양무제 시절인 6세기 초에 건립된 천년고찰이다. 양무제가 누군가? 달마를 몰라보고 나중에 후회한 바로 그 황제다. 두 사람의 그 유명한 대화의 주인공 말이다.

> 양무제: 짐을 대하고 있는 그대는 누구요? 朕對誰者?
> 달마: 모르오! 不識!

　자신을 모르다니? 더군다나 양무제는 자신이 수많은 사찰을 지어 공덕을 쌓은 걸 자랑했으나, 달마는 그걸 대수롭게 여기지 않는다. 그리하여 두 사람의 만남은 결렬로 끝난다. 아무튼 양무제가 건립했던 많은 사찰 중 하나가 한산사다. 현재 건물은 1911년 다시 지은 것이라니, 옛 정취를 기대하는 건 무리지만 말이다. 처음 『한산시』183 에서 이런 구절을 만났을 때, 나는 감전된 듯 거기 빠졌다.

> 말에는 이미 가지와 잎이 있나니- 言旣有枝葉

　한산은 당나라 때 천태산天台山 한암寒岩 깊은 굴속에 은거하여 얻은 이름이다. 『한산시』는 그가 석벽이나 마을의 마룻벽에 남긴 300여수의 시와 습득이 남긴 약간을 수합하여 남겨진 선시집이다.
　항주와 더불어 이곳 소주는 시인 묵객들의 각별한 사랑을 받았으니, 예로부터 소주는 수향으로 일컬어진다. 태호를 끼고 있을 뿐 아니라 사방팔방 수로의 물길이다.
　당송문화의 산실 졸정원은 당대 시인 육우의 집을 명대 어사 왕헌신이 별장으로 고치며 붙인 이름이다.

한산사 동구의 운하(위)와 한산사(아래)

옛글의 갈피마다 빠지지 않는 창랑정은 굴원의 시에서 따온 이름으로 오나라 손승우가 만든 정원을 북송시인 소순흠이 다시 개조한 것이다.

그 뿐인가? 오왕 합려의 능, 호구와 거기 피사의 사탑을 닮은 기울어진 탑, 그리고 그 탑의 유래. 오왕 손권이 어미 오부인을 기려 세운 북사탑. 지명도 오중이나 오강인 것처럼, 소주는 아직도 오나라 냄새가 물씬 풍긴다.

소주대학의 전신인 동오대학(東吳大學) 건물은 보존상태가 좋다. 소주의 역사성은 근대교육기관을 통해서도 입증된다. 소주대학은 좋은 본보기다.

한산사 곁 펑차오楓橋는 세계문화유산이다. 강물 위에 반달처럼 걸려있는 아치교의 자태도 눈부시지만, 거기 연륜을 증거하는 담쟁이 단풍이 한창이어서, 단풍다리란 이름과 잘 어울린다. 8세기 당대 시인 장계張繼의 동상과 그의 칠언절구 <한밤중에 풍교에 정박하다>楓橋夜泊가 동판에 새겨있다. 나처럼 나그네로 이곳에 흘러들어 남긴 시다. 시엔 '고소성古蘇城 밖 한산사'라 노래했으나, 지금은 성곽의 자취 희미하고, 펑차오를 건너면 그대로 한산사 동구로 이어진다.

<풍교야박>이란 시가 새겨진 장계의 동상 앞에서

시의 끝 행 '나그네 뱃전까지 들리는 한밤의 종소리'는 천년동안 사람들 심금으로 스며든다는 평을 듣는다. 한산사와 단풍다리, 이 둘은 성과 속의 경계를 짓거나, 그 사이를 뭉개버려 서로를 더 두드러지게 떠받드는 두 기둥 같다.

발길이 자꾸 급해지는 건 통리同里 때문이다. 중국어과 김상균 교수가 적극 추천한 마을이다. 인력거꾼의 도움을 받아 숭본당, 경락당, 송석오원, 퇴사원까지 도는데 하루가 걸렸다. 힘겨워하는 인력거꾼 보기가 안쓰러워 아예 걷다보니 시간이 지체됐다.

특히 고풍원의 인상은 오래 지워지지 않을 것 같다. 퇴사원退思園에 이르러 나는 발걸음을 멈춘다. 왜 물러나야만 생각은 깊어지는 것인지 그 뜻을 곱씹어보고 싶어서다.

통리에 와서야 맑은 하늘과 구름을 본다. 오래된 쇄석로를 걸으며 옛집들, 수로와 교각, 정겨운 골목과 담장을 본다. 어제 하루의 발품으론 아무래도 모자라, 새벽부터 일어나 그 길을 다시 걷는다.

천년 저쪽 사람들도 우리와 다르지 않았으리란 생각이 든다. 토마스 무어의 말처럼 도시도 육체를 가지고 있다면, 강과 길과 지붕의 어떤 유대가 확실히 느껴진다.

통리는 그래서 마을 생김새가 성적인 특성을 상징하기에 손색이 없다. 반드시 그것 때문은 아니지만, 나는 이 옛마을이 어느 명소보다 끌린다. 유네스코 심사단들도 거기 반해, 1997년 이곳을 세계문화유산으로 지정했을 거란 생각이 든다. 통리는 살아있는 육체인 동시에 숨쉬는 유적인 셈이다.

통리에서 나는 정지나 퇴화도 이처럼 생명력을 지닐 수 있다는 걸 배운다. 슬픔이 정화될 때까지 낡아진다는 건 아름답다. 우리는 그걸 곱게 늙는다고 표현한다.

멈추거나 물러서면서, 나도 조금씩 퇴화하고 싶다. 시인 예이츠도 '육체의 노쇠는 지혜'라 노래하지 않았던가? 몸이 이미 늙어 정신만 투명하게 빛나는 이곳, 통리에서.

창랑, 물결 너머로

거기, 물의 집 한 채를 보았느냐? 그런 소리가 들리듯 하여 뒤를 돌아봅니다. 창랑정을 떠올릴 때마다 나는 바다처럼 드넓은 호수를 생각했지요. 저 이름은 굴원의 <어부사>에 나오는 '창랑지수'를 본떴다는 건 알고 있었지만, 잠깐 고산의 유배지 보길도를 떠올렸나 봅니다. 창랑의 물길 지나, 예송리 해안이나 청별리란 이름의 바닷가 마을이 어른거렸기 때문이지요.

창랑의 물이 맑으면 갓끈을 씻고, 창랑의 물이 흐리면 발을 씻는다 했던가요. 그래서 창랑정은 탁영정과 한 짝이지요. 먼저 우리나라를 볼까요. 경북 영양 서석지에 있는 탁영석, 회재 이언적의 독락당 근처 탁영대, 도산서원의 탁영담이 생각나네요. 탁영과 짝을 이루는 창랑은 강릉시 저동의 창랑정, 철원군 정연리의 창랑정을 꼽을 수 있지요. 사실 강릉의 창랑정이야말로 경포와 동해 사이 소나무 숲 속에 있어, 제법 운치를 느낄 만하지요.

우리의 창랑정이 단지 단촐한 정자라면, 중국의 창랑정

은 잘 지어진 건축물이며, 입체미까지 두루 갖춘 예술적 품격이 돋보입니다. 더구나 그것이 비극적 현실을 배경으로 탄생한 것이니 울림이 클 수밖에 없습니다.

북송시대는 문화가 꽃핀 만큼이나 '문자옥文字獄'이 극성을 부렸으니, 제대로 된 선비치고 당쟁의 희생을 당하지 않은 이가 드물었지요. 창랑정 주인 소순흠 선생도 그래요. 벼슬에서 물러나자 소주에서도 아름다운 자리를 골라 보란 듯이 집을 지었지요.

창랑지수라 부르기엔 부족하지만, 인공호수를 파고 평교를 놓았지요. 담장을 없애고 주변을 회랑으로 에두른 뜻이 궁금해집니다. 굳이 마음의 빗장을 걸고 싶지 않다는 뜻이었을까요? 그런데도 죽림을 둘러 속계와 차단했으니, 마음의 앙금이 가시지 않았던 모양이지요. 석굴을 지나야만 정자에 이르도록 배치한 건 선경으로 다가가려던 속셈이었을까요?

창랑정滄浪亭이란 정자는 가산의 꼭대기에 서있는데, 양쪽 주련엔 '청풍명월본무가' '근수원산개유정靑風明月本無價, 近水遠山 皆有情'이라 써붙였군요. 자연은 본디 값이 없으니, 먼 산 가까운 물이 다 뜻이 있다는 뜻이지요. 그래요. 자연은 그걸 즐기는 자가 주인이니까요.

'간산루'에서 먼 산을 보고, '명도당'에서 도를 익히며 '한음정'에서 한가하게 시를 읊었겠지요. '청향관'에선 매란의 향에 취하고 '요화경계'에 꽃을 심어 그걸 즐겼으니, 이만하면 신선인 셈이지요. 창랑정이란 완결된 구조의 아름다움도 그렇지만, 이토록 예쁜 집을 지은 건축가가 궁금 해집니다.

선비는 자기를 알아주는 자를 위해 죽는다 했던가요? 자신의 큰 뜻을 세상이 헤아리지 못할 때, 그들이 즐겨 사용한 무기가 칩거였으니, 애벌레가 알집에 틀어박혀 우화등선의 때를 기다린다는 뜻이지요. 집주인 소순흠은 물론 그의 심중을 완벽하게 이해한 건축가 또한 그런 부류의 사람이었겠지요.

오늘 불원천리 창랑정을 찾은 이방의 나그네는 그래서 생각이 많아집니다. <창랑정기>가 쓰인 자리, 고문의 책갈피에서 수없이 만나던 그곳에 서서 정말 어떻게 살아야 하나? 공연히 숙연해집니다.

예나 지금이나 세상사는 어지럽기 마찬가지고, 이재와 권세에 아첨하는 방도가 변하지 않았으니, 저 창랑의 물결이 그대로 천년의 거울이란 걸 알겠습니다.

명대만 해도 이 주변에만 200을 헤아리는 정자가 있었다니, 그건 세상을 등진 선비들이 그토록 많았다는 말과 다르지 않습니다.

무슨 까닭인지 그들에게 친밀감을 느낍니다. 지금은 가장 오랜 역사를 지닌 이곳을 비롯하여, 졸정원, 망사원 등 10여 곳만 남아 세계문화유산으로 칭송되고 있으니, 주인들이 알면 웃을 일입니다.

다시 평교를 건너 창랑정을 나서는데, 어찌 창랑을 눈으

로 보려하는가? 하는 목소리가 분명히 들렸습니다. 돌아
보니 주인은 보이지 않고, 고졸한 기왓장 위로 동백꽃 한
송이가 막 지고 있었습니다.

그래, 꽃의 말씀이었구나! 나도 그 말씀을 걸망에 주워
담습니다. 다시 보니, 시내처럼 정자를 감싸고 있던 물길
이 출렁출렁 허허바다가 되어, 그 끝 간 곳을 알 수 없는
창랑지수 한가운데 나 홀로 서있었습니다. 물결 너머로 세
상이 너무 아득했습니다.

항주야, 같이 살자

이 넓은 대륙에 작은 점을 찍듯, 그동안 40여 곳을 지나왔다. 주로 옛것을 찾아 떠돌았으며, 그 예스러움만이 어느 때나 나를 사로잡았다. 하지만 그 어느 곳에서도 영원히 안주하고 싶다는 느낌을 받은 적은 없다. 그러긴 커녕 이 땅에 태어나지 않은 걸, 저 좁은 반도에 태어난 걸 감사하곤 했다. 하지만 이곳에도 살고 싶은 마을이 딱 한 곳 있다. 항주다. 항주는 저장성(절강성)의 성도다. 그런데도 대도시란 느낌이 들지 않는다. 이곳만큼 자연친화적인 도시를 나는 알지 못한다. 산과 호수, 그리고 천지가 드넓은 숲 그늘이다.

임포가 매화를 아내로, 학을 자식으로 삼아 살았다는 '매처학자'梅妻鶴子 고사의 무대가 이곳이며 양산백과 축영대의 사랑 이야기 배경도 여기다. 명대 구우가 쓴 『전등신화』역시 항주와 서호가 중심무대다. 구우 자신이 전당 출신이었기 때문이다. <연방루기> <등목취유취경원기> <취취전> 등 서호는 물론, 인근 지역이 계속 배경으로 나온다. 그만큼 항주는 이야기를 품을만한 자리다.

 사실 항주는 월나라 수도 70년, 남송 150년의 도읍지로 중국의 6대 고도다. 10세기 한 때, 12-13세기를 합해 220년의 영화에 비해, 이곳이 왜 언제나 아름다움의 대명사였는지 알 것 같다.『시경』에 나오는 '15월계녀'란 이곳 미희를 이른 것이니, 월미녀의 본향이요, 시인 묵객의 마을이 항주다. 당대의 백거이, 이백이 즐겨 찾은 곳이며, 북송시절 동파가 찬미한 고장도 여기다. 오죽하면 하늘의 성이요, 지상 최고의 성이라 일컬어졌을까? 이 말은 본디 남송초 범성대范成大가 쓴 오군지吳郡志에서 유래한다. '천상에 천당이 있고, 지상에 소항蘇杭(소주와 항주)이 있다' 는 언명이 그것이다.

 항주의 대명사는 서호다. 본디 당호라 불렸는데, 그 아름다움이 미인 서시에 비견된다 하여 서시호, 또는 서호가 되었다. 9세기 축조된 백제白堤는 백거이가 항주지사로 머문 걸 기려 만든 호수 안의 제방이다. 평호와 삼담이 있는가 하면, 곱게 굽은 구곡교도 있다. 옥천 지나 곡원에 이르면, 내 몸이 아직도 지상에 머무는지 의심스러워진다.
 이윽고 소제蘇提까지 왔다. 동파도 이걸 쌓고 둑길 걸으며 영감을 주워 담았을까? 언제나 항주를 그리워했으나, 동파가 여기 머문 기간은 3년에 불과했으니, 정적들은 그를 이곳에 오래 두지 않았다. 동파도 나처럼 항주보다는 상주에 오래 머물렀구나!

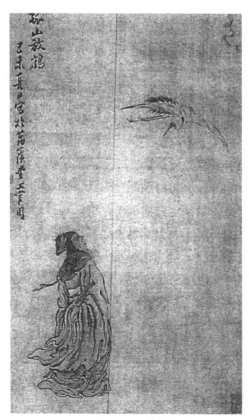

매처학자 임포의 고사를 그린 고대판화

항주전경(자료사진)

호수의 아름다움은 서호를 둘러싼 산그림자 때문에 더욱 빛난다. 동남쪽 우뚝한 산이 오산이다. 오산에서 바라보는 서호의 전망은 꿈길 같다. 산위의 보호수 이름이 송장宋樟이다. 송나라 녹나무란 뜻이다. 수령이 일천 년이나 된다. 무성하나 우듬지는 삭아서 없어졌다. 그 오랜 세월 역사의 흥망을 지켜보다가, 나무도 이제 그만 눈을 감아버린 모양이다.

고작 서호 하나도 할 말이 차고 넘치건만 지면이 차버렸다. 영은사, 황룡동, 보석산, 옥황산, 연화동, 구계는 그럼 언제 말하나? 이게 항주다. 할말이 차올라 말을 잊게 하는 곳, 항주이기 때문에 그럴 수밖에 없다.

『동방견문록』에 보면 마르코 폴로는 먼저 소주蘇州를 거쳐 이곳 항주에 도착한다. '소주는 크고 훌륭한 도시이며, 주민들은 모두 비단옷을 입고 있다'고 감동한 그는 13세기 항주의 모습에서 아예 넋을 잃은 표정이다. 항주를 왕도란 의미의 킨사이Kinsai라 부르고 있는데, '이곳은 세상에서 가장 빼어난 매력의 도시로 마치 왕국에 있는 듯한 황홀경을 맛본다'고 썼다. 인구 100만의 거대도시이며 깨끗한 호수와 큰 강, 그리고 운하 위에 1만 2천 개의 아치형 교각이 있는 물의 도시라고. 먹거리가 풍성하며 상업이 발달된 부자 도시, 돌이나 벽돌로 장식된 도로와 길고 넓은 운하를 지나는 선박들의 한가로움에서 그는 낙원을 본다.

그가 본 건 과장이나 환상이 아니었다. 숲과 호수, 그리고 운하로 둘러싸인 쇄석로와 기와집들, 아름다운 담장과 무지개 다리들이 아직도 옛 모습 그대로 남아있으니 말이다. 나는 지금 마르코 폴로와 700년 이상의 거리를 두고 항주를 호흡한다.

이 지상에 이만큼 천혜의 은총을 받은 도시, 그리고 문화를 그 은총만큼 꽃피운 자리가 얼마나 있을까? 그때 마르코 폴로가 넘쳐나는 매춘부들을 통해 도시의 어두운 구석을 보았다면, 나는 항주가 국제도시로 성장한 후유증들, 높은 빌딩숲, 더러워진 물, 그리고 흐린 하늘, 그런 성장통을 본다.

사족처럼 하나만 덧붙이자. 절강대학 말이다. 1897년 개교한, 고풍하고 기품있고 우아하며 드넓은, 차라리 공원이라 불러야할, 어찌 캠퍼스의 위용뿐이랴? 월나라 영화와 북송의 영광을 등에 업고 절강대가 다시 기지개를 펴고 있다. 최근 중국의 3대 명문으로 거듭나고 있는 교정에 서서 생각한다. 이만한 자연 조건은 사실 신의 편애에 속한다고. 신까지 항주 편인 셈이니, 내가 만일 20대라면, 주저없이 이곳에서 공부하고 싶다고.

아니다. 저 아늑한 강의동은 내가 언제나 꿈꾸던 강의실 모습이다. 여기서 강의하고 싶은 충동을 느낀다. 노화산을 바라보며 숲길을 거닐고, 학교 앞 산새 둥지처럼 숲속에 파묻힌 저 마을에 세 들어 살고 싶다. 항주야! 그만 같이 살자.

절강대학 교정에 있는 모택동 동상

절강대학 연구동

북경대학과 무한대학

　중국 대학의 역사는 서구 열강의 잇단 침략과 뗄 수 없는 연관을 갖는다. 2차 아편전쟁과 천진조약1858 북경조약1860의 수렁 속에서 자강의 기치를 드세운 결실이었으며, 대학의 출발은 캄캄한 어둠 속에 켜진 등불이었다.

　대학의 출현은 서양 자본주의를 유입하려는 양무운동洋務運動의 결실로서, 증국번曾國藩1811-1872, 좌종당左宗棠1812-1885, 이홍장李鴻章1823-1901 등에 의해 추진되었으니, 태평천국군을 물리친 중심 세력인 이들은 중체서용中體西用의 일환으로 군사공장 및 양무기업을 세웠으며, 주요한 학당을 설립하게 된다.

　경사동문관京師同文館1862. 상해광방언관上海廣方言館1863. 광주동문관廣州同文館1864. 복주선정학당福州船政學堂1866. 상해기기학당上海機器學堂1867. 천진수사학당天津水師學堂1880. 천진무비학당天津武備學堂1885. 광동수사학당廣東

水師學堂1887. 호북자강학당湖北自强學堂1893 등이 그것이다. 이 밖에도 노신魯迅의 모교인 남경수사학당南京水師學堂이나 사학인 항주 구시서원抗州 求是書院 1897, 격치서원格致書院 등이 세워진다.

 북경의 경사동문관은 1898년 경사학당京師學堂으로 바뀌었으니, 곧 북경대학의 출발이다. 경사학당은 연경대학燕京大學이 되었다가 1912년 북경대학으로 개명된다. 1952년 현재의 자리로 이전하기 이전, 지금의 북경대 홍루洪樓 시절을 주목할 필요가 있다.
 이 무렵 초대교장은 채원배蔡元培 교장이었으며, 1916년부터 진독수陳獨秀, 노신魯迅, 욱달부郁達夫, 이대교李大釗, 호적胡適 등, 화려한 교수 진용을 구성한다. 북경대 홍루는 신문화 운동과 5.4운동의 중심지였으며 특히 진독수, 이대교 등은 중국 공산당을 창당한 주역들이다.

 재미있는 건 당시 북경대 경제학과 교수이며 도서관 주임이었던 이대교에 의해 도서관 사서 1918-1919로 발탁된 인물이 모택동이라는 사실이다. 모택동은 이때 중국 최초의 마르크시즘 학자였던 이대교의 공산주의 사상에 감화된 걸로 알려져 있다. 폭설로 뒤덮힌 베이징대학 교정에서 눈밭 속에 서있는 이대교 교수의 동상을 만난다.
 장서 700만권, 동양 최대를 자랑하는 이 대학 도서관은 지금 문이 굳게 잠겨있다. 마침 오늘이 일요일이다. 내일 무한대학으로 간다.

삼국지의 본고장이며, 무엇보다 혁명의 고향인 이곳 무한으로 향하며, 맨 먼저 무한대학을 떠올린다. 북경대학과 더불어 중국 근대화를 논할 때 빼놓을 수 없는 곳이 여기다. 무한대학은 과학자 축가정竺可楨1890-1974, 지질학자 이사광李四光1889-1971, 시인 문일다聞一多1899-1946, 소설가 욱달부郁達夫1896-1945, 엽성부, 이달 등의 모교다. 듣던 대로 아름답다. 사이언스 지가 선정한 세계에서 가장 아름다운 대학 중 하나니까.

이 대학은 1893년 자강학당自强學堂으로 출발하여 중산대학中山大學이 되었다가, 1928년 지금의 무한대학으로 개명하였다. 200만 평의 드넓은 부지와 교정을 가득 채운 숲길, 락가산의 빼어난 경관 위에, 동호東湖와 어우러진 학교 전경은 한 폭의 그림이다.

이 대학이 세계에서 가장 아름다운 곳으로 꼽힌 건 그런 천연의 배경 때문만은 아닐 것이다. 북경대학이 1952년 이후의 건축물이라면, 이 학교 건물들은 거의가 1919년부터 1934년 사이에 지어진 아름답고 고풍한 양식이기 때문이다. 특히 건축 양식과 설계구조가 이채롭다. 정상에 중앙도서관이 서있고 도서관을 중심으로 긴 계단 통로를 뚫어 양 옆으로 기숙사를 배열한 솜씨는 일품이다. 통로를 통하여 올려다 본 중앙도서관 모습은 무슨 신전처럼 아득하다.

오직 도서관만이 대학의 심장이니, 가장 가까운 곳에 학생 기숙사 건물을 세운 뜻이 헤아려진다. 300만 권의 장서와 출판사를 따로 두어 6000여 종의 정기간행물을 내고 있으니, 도서관학과가 있는 곳도 북경대학과 이곳뿐이다. 대운동장을 사이에 두고 중앙도서관 건너편 언덕엔 대학 본관이 위치하고 있는데 돔 양식이 도서관과 닮은꼴이다. 비례와 대칭의 구조, 그리고 자연미를 최대한 활용한 캠퍼스다. 이 대학을 설계한 사람은 중국 고대 건축미를 현대화한 천재적 건축가였을 것이다.

그런데 나는 교정을 거닐다가 낙뢰에 맞은 사람처럼 그 자리에 못 박히고 만다. 아직 아침 7시 40분, 도서관 앞에 수천 명의 학생들이 책을 읽으며 길고 긴 대열을 이루고 서있다. 도서관 개방을 기다리는 젊은이들이다. 짙은 안개 속에서 유령처럼 출몰하는 그 긴 대오는 내 망막 위에 불멸의 기억 하나를 새기고 있는 게 분명하다. 눈시울이 잠시 아렸으며, 불꽃처럼 선명한 섬광 한 줄기가 지나갔으므로! 그래, 저건 내가 오래 전부터 열망하던 상아탑의 진면목이다. '조선의 청년들아, 일어나라!'고 나는 메모지 위에 쓴다. 저걸 보려고 나는 오랫동안 무한대학을 내 무의식 깊은 곳에서 되뇌이고 있었나 보다. 아니 바쁜 일정을 핑계 삼아 새벽부터 이곳으로 달려왔나 보다.

무한대학 도서관

이른 아침, 도서관 개방을 기다리는 학생들

江

북경대학 전신 홍루

누가 황산을 보았나?

베르톨트 브레히트가 <살아남은 자의 슬픔>을 말할 때, 존재하는 건 이미 비애의 몫이란 숙명을 떠올리게 된다. 입장이 반대처럼 보이지만, 그건 남전南泉화상이 죽음의 문 앞에서 한 말과 다르지 않다. '행여 말하지 마라. 내가 왔다 갔다고!' 남전의 열반송은 실존에 대한 절대고독, 그 걸 벼락처럼 깨달은 자의 피맺힌 절규다.

황산黃山을 바라보며 발걸음을 뗀 순간부터 환청처럼 줄 곧 황산이 내게 이르는 목소리를 들었다. '행여 말하지 마 라. 나를 보았다고'... 황산은 크고 높고 아름답다.

그래, 그만큼 산의 고독 또한 깊을 것이며, 환호와 열광 을 수렴해야 할 그의 내적 비애 역시 그와 비례하여 크고 높은 것인지 모른다. 그래서 그랬을까? 이윽고 황산에 들 어 산의 체취를 맡자, 나는 차라리 슬퍼졌다.

이곳에 당도하기 위해 지난 반년을 준비했다. 산이 없는 강소성에 머물며, 벌판을 걸을 때도 산을 오르듯 보폭을

조정했다. 항상 계곡과 암벽을 떠올리며, 가상 등산을 하곤했다. 북대문에서 북해까진 케이블 카를 이용하여 쉽게 왔다. 이제 시작이다. 등뒤로 단하봉을 지고 배운정에서부터 비래석까지, 거기서 다리를 잠시 푼 뒤 서해를 지나 청량대, 그리고 시신봉, 석필봉, 관음봉까지 걷는다.

황산을 보지 않았다고? 그래, 나는 황산을 보지 않았다. 깎아지른 벼랑과 기암괴석, 유명한 황산송 숲을 만났거나 푸른 하늘과 흰구름과 눈을 맞췄을 뿐이다. 붓을 닮아 '몽필생화夢筆生花'로 불리는 돌산 위의 솔 한 그루는 절묘한 이름이다.

꿈이 아니고서야 이 깊은 산중에 북해나 서해, 동해 따

황산의 그림 같은 풍광들

위의 이름이 붙었을 리 없다. '삼각산도 어느 땐가 동지나 해의 한 지류'였다고, 내가 시에서 한 말을 선인들은 이미 알고 있었구나! 벼랑에 붙어있는 솔 이름도 '탐해송'인 걸 보면, 그렇지 않은가? 바다를 찾는 솔이라니?

온갖 정경이 그러하듯, 암벽과 나무 이름이 몽땅 시다. 이토록 눈부신 풍광이란 그에 맞춤한 이름과 어우러질 때 아름다움도 더해지는 법이다. 필가봉을 지나면 석고봉이 나타나고, 흰 거위 모습이어서 백아봉, 18나한의 모습을 한 나한봉이 이어진다. 이제 청량대 아래 숙소로 돌아가면 짐짓 눈을 붙이고, 새벽 3시 반에 다시 출발이다.

광명정1860m에서 일출을 기다렸으나 짙은 운해에다 비까지 내려 보지 못하고, 조반 후 정상인 연화봉1873m에 오르려 하였으나 등정금지다. 비 때문인 모양이다.

오어봉 바위 벽면에 '큰 덩어리 문장'大塊文章이란 글귀가 새겨져 있다. 빼어난 것일수록 문장 아닌 게 어디 있으랴? 옥병루에 이르러 영객송을 본다. 황산의 상징인 소나무다. 여기서부터 가파른 내리막길. 한눈을 팔 수 없다. 천도봉1810m을 향해 다시 오르막길, 그렇게 오르락 내리락 경운봉을 지나고 반산사에 이르니, 내가 정말 황산을 더터온 걸까? 불쑥 그런 의심이 생긴다.

한폭 한폭, 꿈길처럼 이어진, 상상 속에서나 만나던, 나는 지금 산의 황제를 알현하고 가는 길이다. 자광각에서 이틀 간의 산행을 마친다. 아니다. 퍼뜩 정신이 돌아와 산

을 되돌아 본다. 눈 지그시 감은 황산이 거듭 이른다. '행여 말하지 마라, 나를 보았다고!'

동산에 오르니 노나라가 좁고, 태산에 오르니 천하가 좁다고 말한 건 공자다. 기원전 6세기 산동성의 태산1500m을 오른 공자지만, 정작 안후이성의 황산까진 이르지 못한 모양이다.

하기야 그 언명은 산을 빗댄 정신의 높이란 걸 모르는 건 아니다. 높은 정신의 수위에서 바라보면, 사람들 살아가는 모습이 우습고 측은하게도 보였을 테니까. 허나 구도란 말도 길찾기란 뜻이니, 정신적 높이를 추구한 사람치고 높은 산을 오르지 않은 이가 없다. 우리의 험산준봉마다 원효봉, 의상봉이란 이름이 남겨진 것이나, 묘향산이 서산대사를 따라 서산으로 불린 것도 같은 연유다.

영암 월출산과 설악의 비경만 뽑아다가 진열해놓은 황산. 중국인들이 태어나 가장 가보고 싶은 곳이 왜 이곳인지 짐작이 간다. 일찌감치 세계자연유산으로 등재되어 온갖 호사를 누리고 있는 황산이지만, 불만이 없는 건 아니다.

북해와 서해에 세워진 볼썽사나운 호텔들 말이다. 내가 하룻밤을 유숙한 저 호텔 중 하나도 시설은 여인숙 수준에도 못 미친다. 관광객의 편의를 위한 거라지만 엄연히 자연 파괴의 현장이다. 깎아지른 절벽 길마저 화강암 돌계단으로 꾸며진 걸 보면, 오히려 서글퍼진다. 저 길을 닦으며 얼마나 많은 이들이 죽어갔을까? 다만 중국에서나 가능한 일이다. 아직도 들것으로 관광객을 나르고 있는 일꾼들이 무리지어 호객이나 하고 있으니, 저 도도한 아름다움 뒤엔, 얼마나 큰 슬픔이 숨어있을까? 하긴 그렇지. 미란 언제나 맹독을 품고 있는 법. 산의 고독과 비애가 독처럼 퍼져 온몸이 갑자기 나른해진다.

　하산 후 유명한 포가원림으로 향한다. 포가원림은 관포지교의 포숙아 후손 포계원이 청나라 때 만든 정원이다. 이미 중국의 4대화원으로 꼽히며 세계문화유산으로 등재된 정원이다. 그리고 황산의 도시, 탕커우 마을에서 다시 한 번 황산을 돌아다본다. 이제 작별이다.

황산을 품은 마을 탕커우에서 황산과 작별하다

샘물을 찾아서

예로부터 물맛은 인심과 짝을 이룬다. 물맛이 좋다는 건 주변 풍광이 깨끗하고 아름답다는 것과 같은 말이다. 겉이 단정해야 그림자도 곧은 법이니까. 그만한 경관이라면 땅 밑의 수맥 또한 빼어날 테니까. 아니 그런 수맥의 흐름이 있어야만 겉으로 드러난 풍경 또한 두드러지기 마련이니 말이다. 이걸 보면 인간과 자연은 오래전부터 한 뿌리다.

사람의 심성은 자연을 빼어닮게 되어 있다. 산간벽지의 사람과 섬사람의 성격이 같지 않은 것처럼 시골 사람과 도시인의 취향이 사뭇 다른 건 그 때문이다. 꽃과 나무를 사랑하는 자와 그렇지 않은 사람 사이에 차이가 있는 건 당연하다. 물맛이 좋으면 인심이 넉넉해지는 건 이런 까닭에서 생긴다.

상하이 한국영사관 직원 채용에 유명 대학의 한국어과 졸업예정자들이 몰렸지만, 단 한 자리를 이름 없는 이 대학- 위빈빈 양이 차지했다. 코오롱, 현대, 참엔씨, 아이모트 등에 합격자가 이어지더니, 하이닉스엔 대거 41명이 합격했다.

그동안 열심히 가르친 보람을 느끼고 있던 중 뜻하지 않은 문제가 생겼다. 하이닉스 건강검진 결과 8명이 탈락했다. 거의가 간염환자다. 낙담하는 학생들을 보니 기가 막힌다. 이들에게 더러운 물, 오염된 공기, 불량식품을 먹인 건 누구인가? 얘들아, 이건 너희 잘못이 아니다! 당장 취업 문제보다 질병을 안고 살아가야 할 저 젊은이들을 어찌 위로할 것인가?

장강이나 황하의 오염이 치유 불가능한 상황에 이르렀고, 그 지류의 하천들이 위험수위에 이르렀다는 건 중국 밖에서 오히려 더 걱정하는 눈치다. 물이 나쁘다는 건 자연이 망가졌다는 뜻이며, 그건 인심이 흉흉해졌다는 걸 의미한다. 중국인들은 청결하지 않을 뿐 아니라, 친절하지도 않다. 대국인의 풍모나 여유, 아량이나 예절도 찾기 어렵다.

이들을 지배하는 건 무서운 개인주의와 부에 대한 집착이다. 젊은이들이 사랑하는 방식도 결사적이다. 그러다 보니 타인의 이목 따위는 안중에도 없다. 타인에 대한 성가신 관심도 문제지만, 철저한 무관심이야말로 좋은 징후가 아니다.

여기 머무는 동안, 나는 이들이 타인의 싸움을 말리거나 노약자를 부축하는 걸 보지 못했다. 잘못을 하고도 '뚜이부치'나 '부하오이스'같은 사과의 말을 쓸 줄 모른다. 나는 여기서 이 나라의 위기를 읽는다.

사실은 쩐장鎭江에 있는 천하제일천을 찾아나선 길이다.

거금 5세기에 비롯되어 당송시대에 이르러서는 이미 최고의 샘물이 되었으니, 천하제일의 샘물을 품은 이 땅은 축복의 땅이다. 우시의 제2천이나 항주의 제3천이 태호나 전강을 끼고 있지만 이 샘은 장강 곁에 있다. 금산과 초산의 숲 그늘에 둘러싸인 샘의 자리는 과연 천하제일이다. 당시인 왕창령이 여기 부용정을 짓고, 감정에서 샘의 거울에 비친 흰 구름을 노래할 당시는 물론 청나라 말까지만 해도 말이다.

그러나 그게 언제쯤인가? 쩐장이란 도시가 낙후해버린 것처럼 샘의 수맥도 다 낡아서 이젠 마실 수 없는 물이 되었으니, 이 또한 장강의 오염과 무관하지 않을 것이다. 넝마처럼 너덜거리는 집들과 누추한 거리를 지나며, 삼국시대, 그 후 오월나라가 이 샘을 차지하기 위해 싸웠던 걸 생각하니 더욱 쓸쓸하다.

사실 이곳 쩐장은 원, 명, 청대까지 이어진 아름다운 나루터다. 그 자취는 서진고도西津古渡 유적이 대신한다. 영국 공사관을 비롯하여 서방 외교의 나들목이었으니, 대한민국 임시정부가 상하이에서 항주로, 그리고 1935년 11월 항주에서 이곳으로 옮겨져, 1937년 8월 장사長沙로 옮겨갈 때까지 2년여 머물렀던 자리이기도 하다.

아까, 샘물을 들여다보다가 보았다. 추억의 힘이 얼마나 달콤한 것인지, 천하제일천만은 아직도 그걸 기억하는 눈빛인 걸.

그래서 그 꿈꾸는 눈빛마저
슬픈 음악처럼 흔들리고 있는 걸.

아름다움에 대하여

　산다는 일이 그런 것처럼, 여행을 하다보면 예외성과 의외성의 놀라운 힘을 경험할 때가 있다. 천하제일천으로 향하는 택시 안에서 나는 이미 어떤 낙담의 낌새를 눈치챘다. 샘물에 당도하는 순간, 실망과 허기가 찾아오리란 걸 감지했다.

　사실은 글쓰기도 그렇다. 감동을 문장이란 그릇에 담는 순간 의도가 빗나가는 경우도 있지만, 어쩐지 이게 아닌데 자꾸만 펜이 길을 잃고 허둥댈 때가 있는 법이다. 그런데 그 방황의 길목에서 엉뚱하게도 예기치 못한 이미지들이 출현하여, 글의 국면을 전혀 다른 세계로 바꿔놓는 경우 말이다. 이번 여행이 꼭 그렇다.

　샘을 향해 가는 길목에서 낯선 풍경 하나가 잡혔다. 어라, 이건 예상 밖이다. 여행 책자에서도 전혀 접해보지 못한 사건이다. 이미 보통을 넘어선다는 걸 한눈에 알겠다. 건성건성 샘물을 보면서도 마음은 벌써 그곳을 더듬고 있다.

　서진고도西津古渡! 서쪽나루 옛 마을이다. '서진도가'라

새겨진 가문비 안으로 들어서자, 나를 이곳으로 떠민 건이 옛 마을의 정령이었다는 걸 알겠다. 33도. 거리는 불타고 인적도 거의 끊겼지만 하나도 덥지 않다. 골목골목, 정겨운 옛 마을 거리와 아름다운 쇄석로를 지난다.

이 길을 닦고 이 마을을 축조한 이들은 대단한 예술가들이 분명하다. 원대에 축조되어 명,청대로 이어진 그림 같은 나루터 마을 끝에서 영국공사가 머물던 붉은 벽돌집을 본다. 예쁘다. 점령군의 입장이었지만 그들도 이 거리에 반했던 게 틀림없다. 아니 중국인들에게 지지 않기 위해 더 예쁜 집을 짓고 싶었던 모양이다.

예술적 가치란 남다른 안목이 두드러질 때 빛난다. 건축이든 문학이든 마찬가지다. 마을의 구도와 형태를 독창적으로 설계한 다음, 열정을 다해 벽돌을 쌓고 길을 휘고 빈틈없이 마무리한, 이 거리를 보고도 감동하지 않는 이가 있을까?

내가 엉성한 짜임새에 넋두리처럼 쓰여진 글을 평가절하하는 건 그 때문이다. 글을 쓰지도 읽지도 못하는 평론가만이 '현실의 리얼리티'를 되뇌이는 법이다. 그들은 미문을 볼 때마다 고뇌의 현실과 동떨어진다고 평가한다.

그렇다면 글이란 현실처럼 투박해야만 한다는 뜻일까? 거듭 말하지만, 현실에서 튕겨나와 새로운 현실을 빚어내는 게 예술이며, 그 양식이 무엇이든 아름다운 건 죄가 아니다. 아니다. 아름답고 견고한 것만이 오래 남는 법이다.

더구나 이 옛 마을은 평론가들의 혀끝에서 만들어진 게

아니라, 장인들의 손끝에서 이루어졌음을 명심하자. 익숙한 현실을 변형하고 상상을 마음껏 부풀려, 돌담길을 구부리고 돌계단을 휘었으며, 곳곳에 우아한 중문을 세워, 입체감을 한껏 드높인 걸 보라. 건물의 높낮이와 길의 간격을 다르게 배치한 것도 돌발적인 미를 실현하고 싶었던 장인의식의 발로다.

어느 때고 나는 홑 것이 주는 단순함을 좋아하지 않는다. 문학도 예외가 아니다. 층층이, 겹겹이, 저 오래된 마을의 입체적 중량감만이 어느 때나 내 뇌리 속에 아로새겨져 내가 가야할 방향이 되고, 이정표가 되리란 걸 안다.

오늘 여행은 그래서 횡재에 가깝다. 즐비한 고완상에 들러 도자기까지 한 벌 챙겨 돌아오는 발길이 모처럼 개운하다.

옛 나루터로 내려가는 아름다운 길

악양루岳陽樓에 오르다

무한에서 악양까지 초고속 열차를 타기로 했다. 중국은 무한에서 광주까지 최근 개통한 이 초고속 열차가 평균 시속 350km이상으로 세계 최고라고 선전하고 있다. 열차 이름은 화합한다는 뜻의 화해호和諧號. 2009년 말 개통했으니, 2010년 새해 벽두 차에 오르는 우리가 한국인 첫손님은 아닐까, 김진환 교수와 함께 웃는다. 우리가 탄 코스는 무한-함녕咸寧-악양까지다.

화해호 덕분에 바람을 타고 날아온 기분이다. 악양역에서 택시를 타고 동정호로 간다. 동정호를 내려다보는 언덕 위에 악양루가 있다. 무한 황학루, 남창 등왕각南昌 騰王閣과 함께 강남 3대 명루다.

아름다운 외양과 달리 본디 악양루는 군사적 목적으로 지어졌다. 오나라 손권이 동정호를 지키기 위해 지었는데, 강호江湖, 곧 장강과 동정호를 지배하는 자가 천하를 지배한다고 믿었기 때문이다. 건립목적이 무엇이든 이토록 수

려한 경관에 맞춤한 누각의 아름다움 때문에 얼마나 많은
시인들이 악양루를 예찬했던가.

유우석劉禹錫 '망동정'望洞庭, 구양수歐陽修 '만박악양' 晩迫
岳陽, 황정견黃庭堅 '우중등악양루망군산' 雨中登岳陽樓望君山,
그리고 범중암范中菴 '악양루기' 岳陽樓記 등이 두루 유명하
지만, 두보杜甫의 '등악양루' 登岳陽樓는 조선시대 『두시언
해』에도 전해지는 절구다.

악양루(자료사진)

옛 동정물을 듣더니 / 오늘 악양루에 오른다 / 오와 초나라가 동남녘으로 터졌고 / 하늘과 땅이 밤낮으로 떠있다 / 친한 벗이 한 자 글월도 없으니 / 늙어가며 외로운 배 홀로 있구나 / 싸움말이 관산 북녘에 있으니 / 난간에 기대어 눈물 흘린다

昔聞洞庭水　/　今上岳陽樓
吳楚東南坼　/　乾坤日夜浮
親朋無一字　/　老去有孤舟
戎馬關山北　/　憑軒涕泗流

바다인지 호수인지, 하늘과 호수가 어디쯤에서 만나고 있는지, 그 크기를 도시 분간할 수 없는 건 흐린 하늘이나 탁한 동정호 물빛 때문만은 아닐 것이다. 악양루의 아름다움은 정자 하나에 있는 게 아니라, 호수와 정자와 그 주변 풍광의 어울림 속에 있다. 무엇보다 동정호반에서 누대까지 쌓아올린 축대의 축조미와 축대 중앙에 원통의 통로를 배치한 건축미는 특히 압권이다. 인상적인 건 원통형 통로와 축대다. 이 아름다운 통로 또한 군사적 목적이었다. 이 통로를 통하여 수군들은 동정호로 달려나가 전함을 탔다.

그토록 많은 시인들이 왜 이곳에 열광했는지, 이만한 경관이라면 더 보태거나 뺄 것도 없으련만, 호수의 탁한 물빛이 자꾸 마음에 걸린다. 호수 안의 섬 군산君山을 보고, 호수 남쪽에 있다는 두보의 묘를 물었으나, 모두들 고개를

수군들이 호수로 가던 통로

저으니 안타깝다.

　무한과 악양 사이에 있는 적벽赤壁엔 주유周瑜175-210가 쓴 '적벽' 두 글자가 바위에 새겨져 있다. 가어嘉魚의 강기슭이다. 사실은 지금 우리가 찾아온 후베이성 황주黃州 황강黃岡현 주변에도 적벽이란 곳이 있는데 소동파의 '적벽부'는 이곳에서 쓰여졌다. 동파도 마을사람들 말을 믿고, 이곳을 적벽대전지로 잘못 알았던 것이다. 이곳 사람들은 적벽대전지를 무적벽武赤壁, '적벽부'의 적벽을 문적벽文赤壁으로 구분하는 걸 여기 와서 처음 알았다.

　그가 이곳으로 좌천되어 말단 지방관으로 지낸 시기 동파는 무척 곤궁했다. 자갈밭을 갈아 직접 농사를 지어야만 굶주림을 면할 수 있었다. 그가 농사짓던 그 자갈밭이 바로 동쪽 언덕이었다. 곧 동파란 호가 여기서 태어났다. 궁핍했지만, 그는 이곳 황강에서 최고문장 「적벽부」를 쓴다. 이곳에서도 나는 주유보다는 동파 편이다. 소동파의 '염노교' 念奴嬌 탁본을 구입한다. 잘 쓴 글씨다. 전후 전벽부 뒤에 쓰여진 '적벽회고' 赤壁懷古의 시다... 장강은 동쪽으로 흐르고 大江東去... 이렇게 시작되는 첫 구절은 너무도 유명하다... 강산은 그림 같은데 江山如畫... 인생은 꿈과 같은 것 人生如夢... 동파 자신 이곳 황주黃州로 좌천되어, 청운의 꿈 짓밟힐 대로 짓밟힌 시절이었으니, 그의 노래 한 마디 한 마디가 예사롭게 들리지 않는다... 강산은 그림 같은데, 인생은 한갓 꿈... 이 말을 몇 번이고 읊조리며 나는 지금 문적벽을 떠난다.

형주고성荊州古城에서

　이곳에 와서 중국인들의 빚을 너무 많이 졌다. 북방공대 리쩡시 부총장과 무한의 진선생, 그리고 그의 아들 진군-그는 호주 유학을 다녀온 청년인데, 자가용으로 우리를 계속 안내했다. 무한에서 형주는 만만한 거리가 아니다. 고속도로를 이용하여 진군이 우리를 안내하지 않았다면, 이번 일정에서 형주 탐방은 이뤄지지 못했을 것이다. 동행한 김진환 교수에게도 신세를 졌다. 그동안 그가 쌓아놓은 대륙과의 우의와 신뢰가 아니었다면, 나의 이런 호강은 불가능했을 테니까.

　진군의 자가용을 타고 아침 일찍 출발한 형주행은 늦은 밤이 되어 무한으로 돌아오는 걸로 마무리 되었지만, 일반 여행에 비해 훨씬 많은 시간을 확보했을 뿐 아니라, 봐야 할 건 빠뜨리지 않았으니 이런 횡재가 없다.

　형주荊州란 지명은 어디서 유래할까? 이 근방에 무성한 가시나무 군락이 있었던 걸까. 아니다. 물길과 산세가 어지럽게 뒤얽혀 있었기 때문인지 모른다. 얼기설기 물길로 얽힌 이곳 지형의 비유일 거란 추측이 들기 때문이다. 이건 중국인들이 지명이나 집 이름에 붙이는 습관적인 방식이기도 하다.『삼국지』를 떠올릴 때, 가장 먼저 꼽히는 지역이 형주다. 삼국의 전략적 요충지로 싸움이 그치지 않았으니, 형주를 얻는 일이 형극의 가시밭길은 아니었을까.

그도 그럴 것이 끝없이 펼쳐진 평야는 이곳이 곡창중의 곡창이었다는 흔적이며, 장강과 지류의 무수한 물길은 풍요로운 터전의 물거울이기 때문이다.

형주의 클라이맥스는 형주고성이다. 본디 강릉성江陵城이었는데 관우가 축성한 성이다. 장강을 끼고 다시 드넓은 해자를 구축하여 철벽의 옹성을 쌓았다. 성의 동문을 통과하면 형주 시내다. 옛 성내마을인 셈인데 누추하고 조용하다. 대도시 무한이나 악양과 견줘도 초라한 기색이다. 이곳에도 신도시 개발을 위해 도로를 뚫고 있고, 철거 대상 가옥엔 딱지가 붙어있다.

형주고성 성문 위엔 관우가 쓰던 녹슨 삼지창이 꽂혀있다. 진품인지 확인할 길은 없으나, 그래, 저 모습은 내 어릴적 고우영의『만화 삼국지』에서 보던 바로 그 모습이다. 낡은 성곽 너머로 장강을 본다. 도원결의, 유비, 관우, 장비, 제갈공명, 그리고 조조와 손견... 무수한 인물들이 차례없이 나타났다가 사라진다.

『삼국지연의』에 나오는 제갈량의 '천하삼분계'天下三分計는 이곳 형주가 세상의 중심이란 걸 알린다. 삼고초려를 한 현덕에게 공명이 제시한 전략 말이다.

江

"장군께서 대업을 이루시려면, 북쪽은 천시天時를 차지한 조조에게, 남쪽은 지리地利를 얻은 손권에게 양보해야 합니다. 장군께선 인화人和로써 형주를 먼저 얻어 거점으로 삼은 뒤, 서천을 차지하여 기반을 쌓고 솥발의 형세를 만들어, 중원을 도모해야 합니다."

형주는 언제나 승패의 기로였다. 관우는 결국 여기서 죽는다. 관우가 죽자 촉나라의 명운도 기운다. 관우를 잃었기 때문이다. 아니다. 형주를 잃었기 때문이다. 고성 곁엔 관제묘冠帝廟란 관우사당이 있으며 멀지 않은 곳에 그의 능묘가 있다. 이상한 건 중국이나 우리나 관우를 중간신으로 섬기는 풍습이다. 그래서 유비사당은 없으나 관우사당은 있다. 특히 우리 무속에서 모시는 신중의 하나가 관우신이니 말이다.

겨울 형주 장강에서 물수제비를 뜬다. 우리의 철없는 이 행동이 진군에겐 퍽 재미있게 보이나 보다. 진군에겐 우리가 아버지 비슷한 연배일 테니 말이다. 그 언젠가 피빛으로 물들었던 형주 장강 기슭에서 다시 역사를 생각한다.

무한으로 돌아오는 길, 진군의 운전이 가히 폭주족 수준이다. 이 녀석도 영락없는 중국인이구나 싶었는데, 무한에 거의 당도할 무렵 뜻밖의 소식을 전한다. 진군 부모님이 저녁식사에 우리를 초대했단다. 벌써 호텔 식당에서 기다리고 있다니 속도를 낸 연유가 잡힌다. 다시 감동이다.

무한의 마지막 저녁, 진군 부모님으로부터 근사한 식사대

접을 받는다. 우리는 형제라고 건배 제의를 하던 진군 아버지, 그가 내민 책자는 소동파다. 사천성 미산 삼소四川省眉山三蘇 박물관에서 펴낸 『삼소생평간개』三蘇生平簡介와 『삼소사영연간석』三蘇□楹聯簡析 두 권이다. 삼소의 간략한 전기와 사당 기둥에 붙인 주련의 글귀를 분석한 책이다. 이 귀한 책자는 자신이 간직하기 보단 우리에게 더 유용할 거라고. 무한의 마지막 밤까지 동파의 영혼은 내 곁을 맴돌고 있었구나! 어쩔 수 없이 무한은 끝까지 감동으로 기록된다.

형주고성

형주장강

수평선 너머

태호

江

바닷가에서 자란 탓일까. 수평선 너머로 가고 싶었던 건 어릴 적의 꿈이다. 이곳에선 언제나 태호 저쪽이 궁금했다. 끝이 보이지 않는 호수 건너편, 수평선 너머로 아득히 사라지길 원했다. 언젠가 범려도 서시를 다시 만나 이 물길 저쪽으로 떠났다. 하지만 그쪽이 그리운 게 꼭 이들 때문인 건 아니다.

호주湖州는 '호필'로 유명한 붓의 고향이요, 명필 왕희지와 시인 육유의 놀이터다. 소동파가 내키지 않는 발길을 내디딘 마을도 거기 있다. 그가 열망한 곳은 늘 항주였지만 정적들은 그를 호주로 보냈다.

이때가 동파 나이 44세. 즉시 '호주사상표'湖州射上表 를 황제에게 바쳤으니, 황은에 감사한다는 인사다. 하지만 정적들은 이걸 빌미로, 황제를 우롱했다는 죄목을 씌워 집요하게 사형을 주청한다. 척박한 오지로 부임한 걸 감사한다는 건 저항의 뜻이 담겨있다는 것이다. 이래저래 호주는 동파에게 가장 잊을 수 없는 고을이 되었다.

상주에서 이곳 절강성 호주는 태호 반대편이다. 가흥이 지척인데 처음 범려가 서시와 반년을 함께 살며 아들을 사산한 마을이 가흥이다. 유명한 난쉰南□의 백간루 마을이 한 시간 거리다.

태호를 에둘러 장쑤성과 안후이성의 경계를 벗어나자, 내가 두고 온 상주도 수평 너머로 지워졌다. 이젠 이쪽과 저쪽의 입장이 바뀌었다. 사고의 전환도 이와 같아서 역지

사지란 말이 나왔다.

태호 탓에 붙여진 이름, 호주는 후줄근하고 낡았지만 정감이 간다. 돌이끼나 곰팡이꽃이 핀 담장들, 물안개에 젖어 몽환적인 느낌을 주는 것도 객수를 부추기기에 손색이 없다. 고국을 떠난 처지에 오히려 숙소가 있는 상주를 그리며 벌써 객창감을 느끼다니 이율배반적인 느낌마저 든다. 그 옛날 동파는 어떤 기분이었을까?

이곳 절강성 호주는 손자병법에서 특히 '절강병법'의 주무대로 꼽히는 곳이다. 절강병법은 장강과 서호, 태호 등을 무대로 만들어진 수상전투에 대한 병법이다.

뿐만 아니라, 다신으로 꼽히는 육우陸羽가 『다경』茶經을

호주시 하막산 천호암, 육우가 차를 가꾸던 차밭이다

저술한 차의 본고장이다. 육우는 안록산의 난을 피해 이 곳, 호주시 하막산 천호암에 들어와 차를 재배했다고 전해 진다.

옛사람들은 드넓은 태호를 건널 수 없는 바다라고 여겼 던 모양이다. 그러지 않고서야 딱히 이곳이 유배의 고장일 이유가 없다. 하긴 빛과 그늘은 늘 함께 있으니, 이 벽지 에서도 영화를 누린 사람이 있다. 명대 초 예부상서 동분 위가 그렇다.

그는 여기 하나의 성채를 꾸몄으니, 이곳에선 그도 황제 가 부러웠을 리 없다. 예부상서란 황제의 스승이며 승상 위에서 왕명을 수행한 자리니 막강한 권한이 있었다지만,

백간루의 운하 앞에서

모반에 가까운 과욕이다. 역사의 뒷자리를 살필 순 없어도 아마 그도 제 명에 죽진 못했으리라.

　운하 양쪽으로 일자형 마을을 축조한 다음, 그 배후로 여러 개의 일자형 거리를 조성하여, 백 칸의 집을 지었으니, 백간루 마을이다. 관가거리, 평민거리, 노비거리를 구분하여 그 위용과 규모를 달리 배치하고, 운하 위엔 몇 개의 우아한 아치교를 세워 서로 통래하도록 꾸몄다. 이건 단순한 마을이 아니라, 하나의 왕도란 생각마저 든다. 700년 세월이 흘렀으나 그 후손들이 그대로 살고 있으니, 동분위의 야심은 또 다른 왕국을 꿈꾸었는지 모를 일이다.

　이곳에서 태어나 37년을 살아온 인력거꾼은 사뭇 침을 튀기며 마을의 유래를 자랑하지만, 심한 남방 사투리를 알아들을 수 없을 뿐더러 학식 또한 변변치 못하여 책자의 내용과 어긋나는 게 많다.

　하루 다리품으로 애초 계약금에 20원을 얹어 70원을 쥐어주니, 좋은 여관까지 물색해주며 연신 고맙다고 허리를 꺾는다. 역사의 그늘이 자신을 덮고 있는 걸 모르고 있으니, 이 자는 나보다 차라리 행복한 사람인지 모른다.

　백간루의 아름다운 무지개다리. 일찍이 연암은 중국의 교량들이 모두 무지개다리여서 다리 밑이 성문과 같다고 말했다.

　이른 새벽 여관을 빠져나와 호수의 새벽잠을 훔쳐본다.

어제 내린 부슬비에 호수의 눈빛도 더 깊어졌다. 지금쯤 달빛이라도 어린다면, 동파는 또 꿈의 기몽記夢을 쓰고 싶었을 테지.

그렇다면 그보다 먼저 이 물길을 건넜던 범려와 서시는 어땠을까? 12년 전 핏덩이를 땅에 묻고 생이별했던, 부부 아닌 부부! 오직 사랑 하나 만을 위해 도피를 선택했던 두 사람.

아니다. 누구도 추단할 수 없는 뜻밖의 연유가 있었는지도 모른다. 이런 역사의 감춰진 행간을 기웃거릴 때, 거기서 문학적 상상력이 발동한다.

새벽 호숫가에 서서 두 연인의 자취를 추적해 본다. 범인이 범행 장소를 기웃거리듯 그들도 틀림없이 가흥 땅을 다시 지났으리라. 서시는 울먹이고 범려는 등을 토닥였을 테지. 어쩌면 발길을 재촉하여 진산金山 쯤에서 배를 타지 않았을까? 갑자기 나도 그 길을 뒤쫓고 싶어진다.

난정의 성인

여기 한 사람의 성인이 있었다. 4세기 동진 시대다. 성인이란 칭호는 함부로 얻어지는 게 아니다. 보통사람의 능력과 한계를 넘어 체험의 굴레를 눈부시게 확장한 사람, 그리하여 그걸 알지 못하는 이들에게 그 출구 쪽을 넌지시 가리켜준 사람이 성인이다.

기억할 만한 역사적 도시 앞에 그 칭호를 얹어 쌍트 페테르부르크 곧 성 페테르부르크요, 어느 특정 분야의 대가들에게 이게 달라붙어 시선이나 시성이 되었으니 이백과 두보다. 악성 베토벤, 서성 왕희지처럼 말이다.

왕희지는 산동의 명문가 출신으로 벼슬이 우군장군에 이르러 왕우군으로도 불린다. 하지만 속세를 번거로이 여기고 늘 고결한 삶을 동경하였으니, 벼슬까지 사직하고 이곳 난정에 묻힌 건 그 때문이다. 왕희지체가 힘차면서도 몹시 고아한 건 그런 인성의 반영이요, 기품 있는 삶이 거기 스며있는 탓이기도 하다.

사실 그는 지독한 심미주의자였다는 생각이 든다. 획마다 깃든 맛깔스런 멋을 보거나, 거위를 보며 서체를 구상한 것, 난제산의 아늑한 정취와 계곡물을 사랑한 것만 봐도 그렇다. 여기 물소리, 바람소리, 새소리는 어느 것 하나 정겹지 않은 게 없으니, 나도 냇가에 앉아 일어날 줄 모른다.

유상곡수! 굽이도는 냇물에 술잔을 띄워 차례가 되면 글을 읊었으니, 이 자리에서 41명의 문사가 나눈 고담준론의 기록이 『난정집』이요, 그 글머리가 <난정집서>蘭亭集序다. 이 글은 이렇게 끝난다... 후세인이 이 글을 보고, 혹 느끼는 바가 있을 지 모른다... 그렇고 말고! 얼마나 많은 이들이 이 글에 매료되어 그걸 가슴에 새겼으며, 그 글씨에 홀려 그걸 베끼는데 세월을 바쳤던가?

허나, 글씨란 베낀다고 되는 건 아니다. 그만한 심미적 안목이 구비되어, 세상을 보는 눈높이가 갖춰져야 되는 것이니, 세상의 모든 이치가 한결같다. 왕희지에 이르러 해서, 행서, 초서의 3체가 예술의 문턱을 넘어섰으니, 특히 예서의 예술성은 흉내조차 겁난다. 디자인하듯 찍어놓은 낙관들에서 보듯 전각 또한 예외가 아니다.

어쩌면 그는 온몸이 이미 하나의 서체는 아니었을까? 글자를 숨쉬고, 그걸 베고 잤는지도 모른다. 그래서 그 자신이 우아한 춤처럼 움직이는 글자, 살아있는 글자는 아니었을까?

오죽하면 천하의 당태종 유언이 왕희지 서책은 물론 글자 한 조각까지 함께 묻어달라 하였을까? 다른 건 다 필요 없다고 말이다. 그 덕분에 후세의 우리는 필사본밖엔 접할 수 없게 됐지만 말이다.

　초서『17첩』은 편지글 모음집인데, 초서의 경전이요『난정서』는 해서체의 교과서다. 난정에 들른 기념으로『상란첩』을 구했으니, 나도 거기 한번 빠져봐야겠다. 그가 글씨를 함부로 쓰지 않은 것이나, 사람을 가려서 사귄 뜻을 짐작해 보기 위해서다.

왕희지 초상화(위)와 서체(아래)

아침꽃을 저녁에 줍다

'아침꽃을 저녁에 줍는다' 조화석습朝花夕拾! 유명한 노신1881-1936의 싯구다. 그의 고향 샤오싱紹興에 와서 나도 아침꽃이 어느새 하오의 햇살 속으로 기우는 걸 본다.

소흥은 항주로 옮겨가기 전까지 월나라의 첫 도읍지다. 인근의 회계會稽는 구천의 와신상담이 있었던 역사적 자리다. 서시의 고향 제시(쭈찌)도 멀지 않다. 왕희지의 난정도 그렇다. 소흥은 그대로 역사의 자취로 가득하다.

노신은 여기 옛 거리의 명문가에서 태어났으나, 조부가 투옥되고 부친이 병사하는 불행을 겪는다. 16세에 그는 이미 세상의 부귀와 하층민의 쓰라린 삶을 고루 체험한 셈이다. 저 눈부신 시구는 그러니까 삶의 덧없음만이 아니라, 엇갈린 운명의 전환을 함의한 비유다.

나는 중국의 치명적인 약점을 건강한 비판의 부재에서 찾는다. 비판이 없는 사회는 화목한 사회가 아니라, 다만 침묵하는 사회란 걸 알기 때문이다. 이점에서 노신은 중국 근대사의 마지막 지성이요, 타협을 거부한 비판적 지사였다. 병든 중국의 환부를 그처럼 속속들이 들춰내고, 그 종양을 도려내길 열망한 사람도 없다.

노신은 유교이념이 종속의 예규이며 섬김과 복종의 법도이므로 타파해야 한다고 역설했다. '길이란 처음부터 존재하는 게 아니라, 많은 이가 밟고 다져 만들어지는 것'이다. 그가 즐겨 인용한 순자荀子의 명언이다.

이 언명을 선택한 노신의 진의는 어디에 있었을까. 정해진 진리란 부재하며 익숙한 것도 반복적 관행으로 비롯된 것이니, 관습을 넘어 새로운 길을 만들자는 요구가 숨어있는 건 아닐까. 노신이 무엇보다 우려한 게 낡은 인습이었으니 하는 말이다.

중요한 건 옛길을 비판 없이 지나치는 인습이 아니라, 더 나은 새 길을 닦아나가는 혁신이다. 그는 진심으로 그걸 원했다. 거기서 '물에 빠진 개는 두들겨 패라'는 전투적 메시지가 나왔다. 봉건적 수구세력에 대한 단절의 의지요 외침이었던 셈이다.

그의 외침이 그대로 중국 공산당의 슬로건으로 차용되어 유교국가로부터 탈바꿈한 지금, 중국은 과연 그의 바람처럼 되었는가? 애초 노신이 주창한 혁명은 '사람을 죽이는 혁명이 아니라 모두를 살리는 혁명'이었다.

그러나 중국의 혁명은 처음부터 그의 의지와 반대로 치닫고 말았다. 나는 지금 무엇을 말하고 싶은 걸까? 한 사람의 '피로 쓴 진실'이 집단의 욕망으로 훼절되거나, 위정자의 아전인수식 해석으로 둔갑할 때, 그것 또한 독이 되는 법이다. 오늘 한반도의 현실이 여기서 반드시 예외라고 말할 수 있을까?

　노신의 혁명 기치는 중국인 스스로의 자기반성과 자기부정의 토대 위에서 출발했어야 옳다.『광인일기』나『아큐정전』을 통해 말하고 싶었던 게 이것이며, 그의 비판적 에세이들이 그 증거다. 하지만 중국인들의 무의식 속엔 자기반성에 대한 공포감이 있는 것 같다. 반성은 죄를 시인한 꼴이 되며, 그게 그대로 죽음과 파멸로 연결된다는 걸 이들은 너무 여러 번 겪었기 때문이다. 혁명의 순간마다 이런 악순환이 되풀이 되곤 했으니 말이다.

　사실 선생처럼 고단한 생을 산 사람도 찾기 힘들 정도다. 1926년 수배자가 된 노신은 16년간의 베이징생활을 청산하고 샤먼에 도착하지만, 실망하고 1927년 광저우로 발길을 돌린다. 열화와 같은 환영도 잠시, 실패한 혁명을 망각하거나 성공한 혁명을 흥청망청 즐기는 건 다르지 않다는 경고를 남긴 채, 1927년 상하이의 고거, 징원리景云理23번지에 정착한다.

　그 사이 일본 유학파 출신 문인조직인 창조사 멤버들로부터 '루쉰이란 늙은이는 늘 어두컴컴한 술집 구석에 앉아 취한 눈으로 창밖의 인생을 관망한다'고 비판을 받거나, 소련의 교조적 문예이론에 경도된 태양사 출신 문인들로부터 '이제 아큐의 시대는 이미 오래 전에 죽어버렸다'고 외면을 받던 터다. 적과 동지들로부터 따돌림을 당하며 떠돌던 그다.

그러나 노신선생 이전과 이후로 중국사는 구분된다. 중국이 전근대로부터 근대로 이행한 건 바로 과거에 대한 비판과 변혁의 기치가 그로부터 시작되기 때문이다. 따라서 선생은 중국 근대문학의 출발점이다.

선생 가신 지 70년이다. 그런데 나는 선생과 나 사이에 놓여진 70성상을 실감하기 어렵다. 이곳 선생의 마을, 그 옛집과 조부의 집, 그리고 『고향』『공을기』의 무대인 삼미서옥 뒤뜰을 홀로 서성이다가, 생전에 뵌 일도 없는 선생의 환영을 본다. 선생은 검은 빛 창빠오長袍를 입고 있다. 아니다. 다시 보니 당신이 고안한 중산복中山服차림이다.

소설 속에 등장하는 함형주점은 옛 간판 그대로 지금도 영업 중이다. 함형주점에 들러 그예 선생이 앉았던 자리에 앉아본다. 특히 『풍파』란 소설은 이곳 함형주점咸亨酒店이 중심무대로 '온갖 소문의 집결지'가 함형주점이라고 나온다. 마을 가장자리로 흐르는 여울물을 본다. 고풍한 바닥돌은 윤기가 난다. 이 바닥돌을 오래오래 밟고 싶다. 선생이 거닐었을 마을 구석구석 그렇게 해지는 줄 모른다.

오늘 아름다운 소흥에서 이 위대한 동양의 지성인 앞에서 나는 빛바랜 꽃 한 송이를 본다. 땅바닥에 떨어져 마구 짓밟힌 붉은 슬로건을 읽는다.

일찌기 이곳 후산에서 월왕 구천이 곰쓸개를 핥던 자리, 월미녀의 땅, 명필 왕희지가 난정에서 <난정집서>를 남긴 곳, 술의 고향 중국에서도 유명한 뉘얼주의 고향!

이곳 소흥은 사실 중국사상의 본향으로 꼽힌다. 가까이 항주가 국제관광 도시로 변화를 거듭하는 동안에도, 소흥 사람들은 그걸 바라지 않는 눈치다. 정부의 도시개발을 자치적 주민 궐기로 막아낸 참으로 중국에서 보기 드문 전력을 남긴 걸 봐도 그렇다.

'발전이 고개를 넘으면 퇴폐가 된다'고 경고한 노신의 입김 탓일까? 이곳 사람들만은 노신을 제대로 이해하고 있다는 걸 느낀다. 노신을 읽을 때 느끼지 못하던 새로운 느낌, 비로소 노신을 온전히 이해한 것 같은 자신감이 생긴다. 소흥을 떠나는 발길이 아쉬운 것도 그 때문이다.

역시 작품의 무대인 난정주루(주점)

물, 연꽃, 도자기

 운하를 따라가면 끝없이 펼쳐진 연꽃밭이다. 중국은 우람한 강, 넓은 호수와 운하의 땅이요, 연꽃과 도자기의 고향이다. 세계 3대강의 하나인 장강을 비롯하여, 황하, 요하, 가오량하, 흑룡강, 이강, 민강... 바다를 방불케하는 판양호, 청해호, 시인 두보가 노래한 동정호, 미인 서시에서 이름된 서호, 태호, 현무호, 천목호... 거기다 강과 호수가 만들어낸 수많은 지류들, 운하의 물까지 합치면 이 넓은 대륙을 적셔주는 건 하늘의 비가 아니라, 강과 호수 그리고 운하의 물이 아닐까 의심스럽다.

 지금도 베이징의 자랑인 연화지는 물론 물이 고인 곳이면 어김없이 연꽃이다. 도대체 언제부터 중국인들은 이토록 연꽃과 가까워진 걸까? 그러고 보니, 짚이는 게 있다. 혹시 주돈이의 <애련설> 영향은 아니었을까? 주돈이(1017-1073)는 북송시대의 사상가요 시인이다. 그의 <애련설>을 훑어보면 이렇다.

 무릇 물과 뭍의 풀과 나무는 모두 사랑할 만하나, 진 도

연명은 국화를 사랑했고, 당 이백 이래 많은 이가 목단을 사랑하지만, 나는 유독 연꽃을 사랑하나니

연꽃은 진흙에서 나지만 진흙이 묻지 않고, 맑게 씻기나 요염하지 않으며, 속이 비었으나 겉이 곧고, 덩굴과 가지도 없으나 향은 멀어질수록 오히려 맑아지니... 연꽃은 꽃의 군자다.

만약 연꽃에 대한 이 헌사가 중국인들의 마음을 뒤흔들어, 북송 이래 물이 있는 곳마다 연꽃의 바다를 이루게 한 것이라면 몇 줄 글이 남기는 위력이란 얼마나 대단한 것인가?

물과 연꽃이 어우러진 풍광에 곁들여 크고 작은 교각이 놓였으며 아직도 거기 새겨진 명청대의 글씨들이 또렷하다. 중국엔 평자나 일자 다리가 거의 없다. 예나 지금이나 이들은 반드시 반달 모양의 아치를 세워, 그 틈새를 화강암이나 붉은 벽돌로 채운 견고하면서도 아름다운 무지개 다리를 만들었으니, 교각 또한 운하와 더불어 전통양식을 지키고 있는 살아있는 교과서다.

그래서 중국은 강과 교각이 그대로 살아있는 유적이다. 중국문화는 결국 물에서 시작하여 땅으로 이어진다는 걸 알겠다. 나의 이런 느낌은 고궁박물관 자기 전시실에서 비롯된 것인지 모른다.

송자기의 영향에서 출발했으나 그와 확연히 구별되는 특징이 고려자기만의 비색이라고 내가 알고 있던 확신 또한 그 앞에서 무너져버렸다. 비색의 청자가 너무 많다. 아니

고색창연한 소주 운하

다. 비취, 청, 살구, 황토, 자색, 흑색, 심지어 황금빛과 중간색의 자기들, 그리고 그 중간색의 그릇들... 색채만이 아니다. 자기의 다양한 생김새와 크기, 그 종류의 압도적인 양에 내가 먼저 질려버린다.

이토록 다채로운 송자기가 청대로 내려오면, 다시 화려

한 색상의 문식과 조형으로 돌변한다. 자기에 그려진 유채의 산수화, 화조화가 그것이다. 저건 차라리 그릇의 바다요 길고 긴 그릇의 강이다. 이 그릇들은 처음부터 이방인의 방심한 발길을 허락하지 않을 생각이었나 보다. 웬만큼 건각을 과신해온 나조차 더 이상 걷기 힘들어 중도에 견학을 멈춘다. 국보급 자기의 상당량을 약탈당한 걸 생각하면 실로 엄청난 양이다.

내가 중국의 강과 호수를 떠올린 건 그 때문이다. 문화의 특성이란 자연을 모방할 뿐 아니라, 자연을 닮는다. 길고 크고 깊고 유장한 강과 호수의 흐름이야말로 중국문화의 호흡이요, 그 생김새일 테니 말이다. 그래 문화만이 아니다. 인간도 자연의 형상을 따라가기 마련이다. 자연을 호흡하고 바라보며 인간 또한 그 심성이 형성되고, 세계관이 길러지기 때문이다. 그래서 그런 걸까? 중국인들의 인내력은 대단하다. 참고 기다리며 자신의 속내를 쉽게 드러내지 않는다.

대륙인의 기질이란 이런 걸까? 쉬 반응을 보이고 민감하게 표현한다는 일이 이들의 무의식 속을 흘러가는 유장한 그 흐름엔 위배라도 된다는 듯이 아무리 촉수를 뻗어도 잡히는 게 없다. 그냥 불투명하다.

오호라, 그래서 그랬군! 도대체 맑고 투명한 강이 없다. 황하의 검붉은 물만이 아니라, 거의가 혼탁한 흙탕물이다. 본디 연꽃은 맑은 물에 자라지 않는 법이다. 진흙에서 나지만, 거기 물들지 않는다. 중국인들이 그렇다. 흔히 한국

江

인과 중국인을 비교할 때, 한국인은 치장에 신중을 기하고, 중국인은 먹는 일에 중점을 둔다 했던가? 일리가 있다. 이런 자연환경에서 청결을 앞세우고, 화려한 입성을 앞세운다는 건 처음부터 무리다. 흐린 물길에 맞춰 투박한 옷매무새를 갖추고, 적당히 추레해질 수 있는 것은 자연과 상응하는 태도이며 자연에 순응하는 지혜다.

인간은 청결을 앞세우고 치장에 민감할 경우에만 예민해지는 법이다. 그 경계를 벗어나 자연의 행색으로 돌아가 보면, 그 삶이야말로 안분지족이 아닌가? 나도 좀 둔감해지리라. 길고 깊은 강의 호흡을 따라 가리라. 진흙에서 나지만, 진흙에 물들지 않는 저 연꽃을 흉내내면서.

아, 우루무치

회색도시 우루무치의 허파, 홍산공원

江

세계지도를 펼쳐놓고 보면 오밀조밀 산과 강, 그리고 바다, 세계는 그저 다정한 이웃이다. 국경이며 이념이며 그 선명한 차이도 보이지 않는다. 눈가늠으로 실크로드의 여정을 그려나가 본다. 서안에서 하미, 그리고 우루무치, 이리, 알마아타, 타슈켄트로 이어진 천산북로도 실크로드의 중요한 길목 중 하나다. 거대한 중국대륙의 서북 끝 신강위구르 자치구의 중심 도시인 우루무치. '아름다운 초원'이란 이름의 마을. 나는 지금 오래 꿈꾸던 이곳에 와 있다. 타클라마칸 사막의 초입인 거점도시다.

그러나 사람들의 표정도 자연 경관과 도시도 모든 게 잿빛이다. 믿어지지 않을 만큼 푸른 하늘과 상상을 초월해버린 천산의 위용만 아니었다면 그 우울한 잿빛이 나의 꿈까지도 물들였을 것이다. 하기야 우측으로 고비 사막, 또 좌측으로는 타클라마칸 사막, 천산북로의 준가얼분지와 천산남로의 타림분지 한 복판에 외롭게 서 있는 곳이 우루무치다. 시외곽의 야마허귀신산엔 나무 한 그루 보이지 않고 시 중심에 야트막하게 위치한 홍산 공원만이 숲다운 숲의 모습을 보여준다. 그래서일까, 숲속의 나무 그늘마다 나무만큼이나 많은 연인들이 밀애를 즐기고 있다. 어쩌면 그들은 저 뜨거운 잿빛 우울을 사랑의 힘으로 이겨내고 싶은 것인지도 모른다.

이곳 신강위구르 자치구는 예로부터 서역西域 으로 불리던 땅이다. 서역에 대해선 『사기』<흉노전>에 벌써 기록이

나타난다. 주로 오아시스 도시가 많은 천산남로 쪽 기록이
많다.

기원전 2세기 장건이 서역에 진출하여 13년간 세부정보
를 확보했으며, 위청, 곽거병 같은 명장들이 등장하여 서
역 진출의 교두보가 마련된다.

이른 아침 톈산天山으로 간다. 톈산을 이곳 사람들은 백
두산이라 부른다. 최고봉 7439m. 우리 백두산의 세 배가
넘는 높이이다. 흰 구름을 이마에 덮은 채 도도하게 서 있
는 자태가 위압적이다. 톈산의 위아래로 형성된 준가얼 분
지와 타림 분지, 두 개의 오아시스 지대는 이 산의 만년
설이 녹아내려 이루어진 것이니, 톈산이야말로 생명의 시
원이 아닌가. 이 산의 최고봉은 공교롭게도 칸kan 텡그리
Tengri봉이다. 칸은 왕이며, 텡그리란 몽고어는 다시 대가
리Tagari가 되었으며 대가리는 단군의 뜻으로 전이되었다
는 것은 일찍이 육당 최남선 선생의 지론이다. 전하는 바
에 의하면 톈산엔 일찍이 환국이 있었다 하니 '환인의 나
라'란 대체 어느 민족을 이름인가. 동북쪽으로 이어진 곳
에 5.445m의 보고다Bogda 봉이 있으며, 보고다의 얼음이
녹아내려 해발 2000m에 형성된 천혜의 호수가 천지이다.
다시 세계지도를 펼쳐 보면, 톈산이 알타이 산맥을 타고
서남으로 뻗어 우리의 백두산으로 연결되어 있다. 심각한
억측일까. 백두산, 천지, 칸 텡그리, 환국, 우리와 연관된
그 이름들이 암호와 상징처럼 뇌리에 박힌 채 떠나지 않는
다. 톈산 천지에 발을 담글 뿐, 호수 위를 유람하며 외로
운 물수리 한 마리를 바라볼 뿐, 손에 잡힐 듯 오연히 옹

위한 산들의 배후에 서 있는 보고다 봉의 만년설을 응시할
뿐, 지금 내가 할 수 있는 일은 없다.

그런데 바로 그때 보고다 봉을 훑어 내려오던 내 시야에

천지 표지석이 보이는 천산 천지(위)와 백두산 천지(아래)에서

이상한 물체가 잡혔다. 자세히 보니 '짠빵'이라 불리는 카자흐족의 흰 파오다. 아아, 그곳에도 사람이 살고 있다는 놀라움, 여행의 귀결은 풍경과의 만남이 아니라 문화와의 만남이며, 그것은 곧 사람과의 만남이 아닐까. 아니다. 여행의 끝은 결국 새로운 나와의 만남일지도 모른다. 사람이 존재하는 한 그곳엔 그만한 역사적 연유가 있고 생존법칙이 있으며, 생존의 이유가 있을 것이다. 중국 대륙의 유배지가 우루무치라면 우루무치의 유배지는 카자흐족의 마을인 이곳 톈산이다. 카자흐란 '피난 가다'란 뜻이다. 어쩌면 그들은 혈통적으로 번잡한 속세를 멀리하는 습성이 있었던 것인지도 모른다. 백조의 후손임을 자임하며 천산에 숨어 유목으로 생존해 온 이들에게서 나는 내 혈통과도 흡사한 반가움을 느낀다.

실크로드탐사대로 우루무치에 도착한 날 신문이다. 1996년 7월 19일자다

나의 고향은 충청도 서해 바닷가 유배의 땅이다. 일찍이 화변소禾邊所로 불렸던 마을, 마지막 왕자의 난에서 동생에게 추방된 방간 회안대군이 떠났던 그 길, 그 슬픈 유배인의 후예로 나는 태어났다.

아니다. 전주이씨의 시조 이한李翰은 8세기 후난성 전주全州에서 태어나 신라로 온 망명객이다. 그런데 그 역시 페르시아에서 중국으로 흘러든 유배인의 후예였다. 그래서 오늘 나는 이들에게서 내 혈통의 숨결을 새삼스레 더듬는다. 내가 만난 카자흐 족이야말로 세속과 단절된 그 삶을 숙명으로 받아들였던 종족이기 때문이다. 해가 진 다음엔 손님을 돌려보내지 않는다는 이들, 오랜 유목과 떠돌이 생활로 다져진 강인함, 천차만별의 얼굴을 한 혼혈의 낌새,(예컨대 여러 남매간의 얼굴이 전부 다른 경우도 허다하다) 그러나 이들의 선택이야말로 얼마나 아름다운 결정이었던가, 이곳엔 잿빛의 흔적조차 없다. 줄지어선 가문비나무 숲, 키 큰 미루나무와 초록빛 바람, 천지의 물빛에 물든 하늘, 구름에 덮인 산이 있을 뿐이다. 이곳에선 죽음과도 같은 사막의 전조가 느껴지지 않는다. 사막을 오갔을 그 장엄한 죽음의 행렬도, 피묻은 역사의 흥망도 부질없는 한낱 풍문일 따름이다.

내 그토록 설레며 여행을 꿈꿀 때, 실크로드 선상의 외로운 한 지점에서 우루무치를 발견했을 때, 예감처럼 눈도장으로 그 마을에 점을 찍을 때, 그 우연이기만 했던 나의 선택이 오늘 이러한 감동으로 이어질 줄 나는 어디 짐작이나 했던가.

수상하다, 실크로드

 한번 들어서면 돌아갈 수 없다는 뜻의 위그르어가 타클라마칸이다. 무시무시한 이름이다. 그러나 사막이 아름다운건 그곳에도 생명이 있기 때문이다. 모래밭 가장자리에서악착같이 뿌리내린 키 작은 사막의 풀들, 모래뱀이며 전갈, 사막개미, 육안으로 보이지 않으나 무수한 생명이 우글거리는 곳, 그곳이 사막이다.

 사막은 결코 죽음의 땅이 아니다. 죽음을 가장하고 있을뿐이다. 사정은 모래알 하나하나에게도 마찬가지다. 저 메마른 모래알들은 눈과 귀를 가지고 있다. 어찌 그뿐인가.그 틈새마다 물을 머금었던 기억들이 반짝이고 있다. 아니다. 모래알들은 푸르던 숲의 기억과 잎새였던 때를 아직도잊지 않고 있다. 스스로 몸을 흔들어 저 결 고운 무늬를찍어내는 사막은 지금 꽃의 기억을 재상하고 있는 것이다.
 『서유기』엔 화염산火焰山이란 상상의 산이 등장하며, 손오공이 파초선으로 화염산의 불을 끄는 장면이 나온다.

하지만 투루판 분지엔 실제 화염산이 있는데 세로의 붉은 침식 흔적 탓에 아지랑이가 피어오르면 불이 붙는 듯 보인다. 그 안에 유명한 천불동이 있는데 50여개의 석굴에 벽화가 있었으나, 서구인들에게 약탈당했다. 이 지역은 12-13세기 이슬람화 되면서 상당수의 이슬람 유적을 남기고 있다.

전통가옥 짠빵과 전통의상을 입은 카자흐족 소녀

사람의 왕래가 끊기지 않는 한 사막은 추억을 먹고 자란다. 그 추억이 얼마나 아름다웠기에 비단길이란 뜻의 사주지로絲綢之路였을까. 이곳에 인간의 발길이 끊기는 순간, 저 모래알들은 다만 잊혀진 모래무덤일 뿐이며 기억 속에서 사라진 얼굴이 된다.

　적어도 사막은 통속적이거나 상투적인 인생과는 거리가 있다. 사막의 일생은 지나칠 만큼 타협을 거부하며, 편안히 안주하는 걸 염려한다. 사막에선 아무 것도 감출 수 없으며, 무엇 하나 위장할 수 없다. 이것은 사막이 지닌 본성 자체가 그러하기 때문이리라. 그리하여 사막은 마침내 그만의 향기와 무늬를 만들었으며, 독창성의 한 일가를 이루지 않았는가.

　인생을 되돌아보게 하는 성찰의 자리가 또한 사막이다. 가도 가도 그 자리, 지구가 둥글고 우주가 둥글며 마침내 인생이란 끝없이 원을 그리고 있는 나그네가 아니던가. 우주 공간은 지구처럼 휘어져 있으며, 지구 표면을 한 방향으로 계속 걸어가면 결국 자신의 출발점으로 되돌아온다지 않는가.

　사막의 속내는 그래서 철저히 내향적이며, 심오한 철학적 사유를 떠오르게 한다. 우주는 둥글며, 휘어져 있다. 그뿐인가. 현대 물리학에서 말하고 있듯 시간과 공간 또한 휘어져 있다는 사실을 어떻게 이해할 것인가. 어쩌면 우리는 과거와 현재, 그리고 미래가 뒤엉킨 속에서 살고 있는지도 모른다. 별빛은 이미 과거의 빛, 별에서 출발한 그 빛을 4년 뒤에나 우리는 만나고 있다니 말이다. 휘어진 진리의 비밀! 그것을 실감나게 체험할 수 있는 자리가 바로 사막이 아닐까.

오직 여기서 대면하는 것은 삶과 죽음의 느슨한 경계, 육체와 물질의 한계를 대뜸 짐작하게 하는 날카로운 눈뜸이다. 이 길은 그래서 몸과 발길이 낸 흔적이 아니라, 정신으로 다져진 자취다. 어떤 세속적 욕망도 차단된 금욕과 수양의 길목이 사막길이다. 그러나 그 금욕은 들끓는 내면의 욕구가 모래알처럼 쌓여 있기에 더욱 절실한 것인지도 모른다.

사막에선 정지의 순간이 곧 죽음의 순간이다. 그렇다. 살아있다는 것은 의식과 육체가 멈추지 않은 상태가 아닌가. 그렇다면 창조적 삶이란 무엇인가. 새로움을 찾아 끝없이 움직이는 생애가 아닐까.

인생! 그것은 정체 모를 앞을 향하여 쉬지 않고 걸어가야 하는 여정인 것이다. 때론 동서와 남북을 헤아릴 수 없으며, 자신의 위치를 잃어버리기 쉬운. 마음의 나침반을 등불 삼아 오직 스스로 길을 선택하며, 방향을 가늠해나가야 하는. 보이지도 않는 장밋빛 과녁이나, 갈증을 식혀줄 오아시스를 향해서 말이다. 그래서 인생이란 길은 한번 들어서면 돌아갈 수 없는 사막이기도 하다. 타클라마칸처럼.

북경은 암회색 바다

북경의 새벽은 옅은 안개다. 해묵은 집들 뒤로 안개에 싸여 있는 빌딩 숲이 무슨 환영 같다. 비자나무 숲에도 안개다. 길의 끝은 보이지 않으나 분명 아침이 오고 있다. 길을 따라 산책하는 사람들의 등은 하나같이 굽어 있다. 노역을 나가는 사람들이 아니다. 자세히 보니 노인들이다. 나는 북경의 아침을 아주 느린 슬로모션으로 내 망막 위에 올려놓는다. 노인들의 걸음걸이가 지나치게 느리다.

아주 천천히 해가 떠오르고 있다. 안개가 더 옅어졌다. 그래서 북경의 인상은 발랄함이나 신선함이 아니며, 세련 과도 거리가 먼 느낌 하나가 덧붙는다. 아주 천천히 해가 빌딩 숲을 비춘다.

오래된 골목처럼 북경은 낯익다. 아니 노인들처럼 여유가 있다. 뭔지 모를 익숙함과 노련함, 그런 인상 하나가 다시 포개어진다. 아니다. 그건 아주 살짝 코끝을 건드리는 묵은 향기다. 묵은 향기는 쉽게 피어오르지 않으나 가슴 밑바닥에 오래 고이는 법이다.

그들의 검은 의상이 아직 걷히지 않은 안개와 겹쳐질 때, 북경은 실물이 아니라 차라리 영상에 가깝다. 느릿느릿 굴러가는 자전거 행렬, 길가에 줄을 서서 먹는 아침국수. 모든 풍경이 그냥 정지된 화면이다. 느릿느릿, 이 부사어 한 마디 속에 북경의 아침이 담겨진다.

일찍이 연燕나라의 도읍이었으므로 연경燕京으로 불렸던
북경은 1279년 남송이 멸망한 뒤 중국을 통일한 원元의
도읍으로 중국의 중심으로 부상한다. 지금의 북경은 15
세기 명明의 영락제永樂帝때 토대를 쌓은 것이니, 고궁으로
불리는 자금성이며 그 남문인 천안문 등이 모두 그때 세워
졌다. 명을 이은 청나라도 이곳을 수도로 삼았으니, 북경
이야말로 도읍지 중 도읍지인 셈이다.

 북경시의 면적이 우리의 강원도보다 넓다니 믿어지지 않
는다. 자금성의 어마어마한 크기와 그 미로의 구조, 내성
의 남문인 정양문과 네 모퉁이에 세워진 누각의 아름다움,
태화전의 화려함, 고루鼓樓와 종루鐘樓의 고풍한 정취, 그
리고 거길 가까스로 빠져나와 맞이한 청淸대의 별궁 이화
원頤和園까지, 이런 여정이란 대개 몸은 앞으로 향하면서
도 정신은 그 자리에 남겨지고 마는, 영육의 이탈을 체험
하는 신비체험과도 흡사한 순간이다. 이렇게 몽유병자처

럼 부유한 또 하루가 다 갔다.

북경의 해질녘은 가로등도 네온사인도 늦게 켜진다. 북경의 밤은 한낮보다 많은 인파로 술렁인다. 저마다 일터에 틀어박혀 골몰하고, 느릿느릿 거리로 몰려나온 사람들을 본다.

그들의 발걸음이 빨라진다. 빌딩 숲에도 불이 켜진다. 이제 낡고 오래된 집들은 보이지 않는다. 사방에서 자동차의 경적이 울린다. 분주히 페달을 밟는 자전거 행렬이 길을 덮는다. 급하다. 그래서 전혀 낯선 북경의 인상 하나를 나는 새로운 화면 속에 삽입한다. 속도감 있는 화면이다. 속도란 언제나 긴장과 스릴을 맛보게 한다.

젊은이들의 물결이다. 북경의 저녁엔 노인들이 사라진다. 식당에도 술집에도 사람들로 빽빽하다. 나는 진귀한 비문들로 가득차 있던 서안西安의 비림碑林 숲을 떠올린다. 모든 풍경이 지나치게 사실적이다. 아니 어둠이 너무 밝다. 젊은이들은 신선하며 발랄하다. 저건 내가 생각해 온 북경의 모습이 아니다.

자전거 행렬도 눈에 띄지 않는다. 비싼 외제차들이 몰려간다. 꽤 늦은 시간이다. 비자나무 숲도 환하다. 숲도 잠들 수 없는 밤이다.

나는 자꾸 유리창琉璃廠이 궁금해진다. 끝없이 이곳을 그리워한 적이 있다. 한때 세계문명의 중심이었던 연경에서도 가장 눈부신 거리가 여기다. 유리창은 명의 연경 천도 이래 황궁의 유리기와를 굽는 가마가 있어 붙여진 이름이다. 하지만 청대 강희제, 건륭제에 이르러 기와 대신, 도

현대화된 베이징의 도심 모습, 좌측 하단이 고궁이다

베이징의 마천루 일대

자기와 골동품을 파는 상가로 발전한다.

특히 유리창은 서화, 고서, 탁본, 전각, 공예품은 물론, 세계의 지식이 유입되던 서점거리 덕분에, 한자문화권의 새로운 담론이 생산되고 활성화된 문화거리다. 우리의 북학파를 차라리 유리창학파라 부르면 어떨까?『열하일기』에도 이곳은 연모와 흥분의 감회로 그려지고 있으니, 당시 지식인들에게 유리창은 연경 답사의 1번지였던 셈이다.

유리창의 중심가 난씬화지에南新華街로부터 동쪽과 서쪽을 가르는 길목이 유리창이다. 거리 한복판에 서서 역사란 얼마나 무심한 얼굴인지 새삼 생각한다. 그때 그 모습은 찾을 길 없고, 지금은 다만 고완(골동품) 상점들뿐이니, 문화에도 밀물과 썰물의 자취 이토록 극명한 걸까. 난파한 기억의 조각들, 그 사이로 떠밀리는 물거품의 환영을 본다.

북경을 무대로 한 문학작품은 헤아리기 어렵다. 유명한 몇몇을 여기 거론하면,『홍루몽』의 대관원 (대관원은 소주의 현재 졸정원도 포함된다)이 이곳이며, 왕멍王蒙1934-『변신인형』의 무대, 그리고 그의『나비』는 이곳 북경과 신장 위그르족 자치구, 양쪽의 삶을 통해 인생의 극명한 대비를 보여주고 있으니, 북경이 부부장 장쓰위엔의 영예와 선택된 장소를 상징한다면, 신장은 영락한 장씨의 삶, 버려지고 잊혀진 공간을 의미한다.

최근 중국의 인기작가 그룹, 류전윈劉震雲(1958~) 의『닭털 같은 나날』이나『핸드폰』의 주무대가 북경이며, 홍잉虹影(1962~)『영국연인』, 윙숴王朔(1958~)『건달』등의 무대도 북경이다.

다시 북경을 걷는다. 들여다볼수록 점점 더 표정을 읽을 수 없다. 상대적인 것 속에 오히려 절대적인 것이 숨어 있다고 오래 믿어 온 그들이다. 그래서일까. 북경의 밤과 낮 사이에 끼여 나는 몸살 비슷한 어지러움을 느낀다. 그건 의미가 가려지지 않거나 매듭이 풀리지 않을 때 일어나는 내 몸의 변화다. 아니다. 몸의 변화에 앞서 일어나는 마음의 홍역이다.

이 순간 내 의식의 빛깔은 붉은 반점이 아니라 암회색에 가깝다. 암회색 색조란 결정을 미뤄두거나 판단을 유예할 때 적합한 빛깔이다. 나는 그 색채를 존중하지만 좋아하진 않는다. 북경이 바로 그렇다. 아니다. 북경은 깊이를 들여다 볼 수 없는 암회색 바다다. 암회색이란 헤아릴 수 없는 신비로 몸을 감싼 색이다. 그래서 호기심을 자아낸다. 그러나 암회색 바다란 사람을 유혹하지 못한다. 눈시울을 자극하는 투명한 푸른빛은 속을 쉽게 드러내어 싱겁지만, 끝없이 몸을 담그고 싶은 충동을 자아내지 않는가.

유리창琉璃廠에서 후통胡同까지

십여 년 만에 다시 찾은 베이징은 설국이다. 영하 16도의 날씨에 60년만의 폭설이란다. 베이징의 폭설 때문에 인천 공항에서 5시간이나 기다린 끝에 밤 9시가 넘어 베이징 공항에 도착했다. 북방공과대학에 어학연수 온 10명의 학생들을 인솔하고 대학 초대소에 당도하니 새벽 1시 반이다. 천신만고, 기다림에 지치고 추위에 얼었다. 한밤에도 세상이 온통 하얗다.

아침에 뉴스를 보니, 이곳에 머물던 눈구름이 한반도를 덮치고 있다. 베이징은 눈발이 멎은 대신 아수라장이 된 서울 풍경이 화면에 비친다. 김진환 교수와 함께 북방공대 리쩡시 부총장을 만나 양교 협력 방안을 논의한 뒤 근사한 오찬이 이어졌다. 악몽 같던 어제 일들도 봄눈처럼 녹고, 어쩌면 그 험난하던 시작은 축복을 위한 통과의례는 아니었을까, 즐거운 예감이 든다.

이런 기대감은 오늘 일정 때문인지 모른다. 유리창은 꿈길에도 드나들던 이름이다. 순전히 연암의 『열하일기』때

조선 선비들을 매혹시킨 지적 충격 공간, 유리창

문이었으니, 거기 보면 유리창엔 재화와 보물이 넘친다고 쓰여있다. 큰 서점으로 연암은 문수당文粹堂, 오류거五柳居, 선월루先月樓, 명성당鳴盛堂을 꼽고 있다. 그러나 1780년으로부터 2010년 사이엔 시간의 틈새가 너무 벌어진 걸까. 연암이 지목했던 서점들은 사라지고 그 자리엔 영보재榮寶齋, 경몽당慶夢堂, 화하서화사華夏書畫社 등 새로운 간판들이 붙어있는데, 경몽당 상호의 글씨를 보니, 유명한 곽말약郭沫若의 서체다.

어찌 연암뿐이랴. 8세기 혜초慧超스님이 중국에 진출하여 서역국을 헤집고 난 뒤 9세기엔 최치원崔致遠선생이 한껏 문명을 떨쳤으니, 이분들에 의해 중국 진출의 출구가 열렸다. 수많은 고승들이 당나라 유학을 다녀왔으며, 13-14세기 고려조의 안향安珦선생에 의해 한반도에 유교의 부흥이 일어나기도 하였다.

조선조에 들어와 유리창의 가치를 처음 목도한 사람은 지봉 이수광李睟光1563-1628선생이었으니, 임진란 후 세 차례나 중국 사신으로 연경을 왕래하며, 이곳에서 서유럽 과학서 및 마테오리치 Mateo Ricci의 『천주실의』天主實義를 얻고,『지봉유설』芝峰類設을 통해 이를 소개하게 된다.

갇힌 세계로부터 열린 세계로 문이 열리자 조선 지식인 사회는 들끓기 시작한다. 성호 이익 李瀷1681-1763은 서얼이었지만, 중국 사신으로 다녀온 부친으로부터 다량의 선진사상서를 얻었을 뿐 아니라 마테오 리치의 『만국전도』萬國全圖를 접하게 되었으니, 이것은 근대적 지평에 대한 자각 뿐 아니라, 세계성의 안목을 갖추게 된 벼락이었다. 선생의 『성호사설』星湖僿說은 한국 지성사에 한 줄기 물길이 되었으니, 박지원, 정약용, 김정희에 이르는 성호학파의 흐름이 그것이다.

그후 담헌 홍대용洪大容1731-1783이 1765년 서장관으로 연경에 진출한 건, 장차 북학파의 물꼬를 연 출발이었다. 그는 엄성嚴誠, 반정균潘庭均, 육비陸飛 등과 친교를 맺고 돌아와 특히 연암 일파의 연경에 대한 열망에 불을 지핀다.

홍대용의 루트 그대로, 박제가와 이덕무가 1778년 연경행의 뜻을 이룬다. 뜻이 있는 곳에 길이 있다고 했던가. 드디어 1780년 5월 25일부터 10월 27일까지, 5개월 이

틀간 연암도 이 대열에 합류하게 된다. 지봉과 성호를 읽고, 담헌에게 들었으며, 제자들인 이덕무, 박제가까지 앞세우며 연암은 얼마나 학수고대했을까?『열하일기』의 갈피마다 감동과 흥분이 고여있는 건 이 때문이다.

이런 흐름은『북학의』저자 박제가에게 수학한 추사 김정희1786-1856까지 이어진다. 추사는 부친 김노경의 자제군관 자격으로 꿈에 그리던 연경 땅을 밟았으니 스물 네 살의 일이다. 두 달간 연경에 머물며 청대 석학 옹방강翁方岡이나 완원阮元의 가르침까지 받았으니, 한국 근대사의 첫장은 바로 연경, 그리고 이곳 유리창에서 펼쳐진다고 하여 지나치지 않다.

그러나 추억은 추억 속으로 흐르고 물길은 다시 새로운 물꼬를 여는 법. 지금 유리창은 선진사상의 보고가 아니라, 옛 영화를 간직한 추억의 장소로 고서화나 도자기, 골동품의 매장으로 변하여 우리의 인사동 비슷한 분위기다. 화가나 서예가들의 상설 전시공간으로 활용되고 있는 옛 유리창에서, 나는 파격적인 먹그림이나 글씨들 앞에서 발길을 멈춘다.

유리창 골목길로 접어들면 후통胡同으로 이어진다. 후통은 우리의 북창동 한옥마을과 견줄 수 있다. 본디 이 이름은 청나라 시절 만주족이나 몽고 이주민들의 역사와 밀접한 관계가 있다. 후통은 몽고어로 우물이 있는 게르Ger,包마을에서 유래하기 때문이다. 몽골식 천막집 게르를 지으려면 주변에 우물이 있어야 하는데, 그 우물을 몽고어로

'허탕'이라 한다. 후통은 허탕의 가차음인 셈이다.

옛 성곽의 내성, 전문대가前門大街 좌우, 북해공원을 축으로 길게 이어진 전통가옥촌 골목이 후통이다. 골목이 비좁아 인력거를 타고 한나절을 돈다. 곽말약郭沫若의 옛집을 만나고, 장삼이사들의 소박한 삶을 본다. 어느 골목을 돌아가니 공중화장실이다. 담벽엔 '금지소변별학구'禁止小便別學拘라 쓰여있다. 소변금지, 개를 배우지 말라! 그 경고가 너무 해학적이다.

유리창에서 위로 이어진 길은, 북해공원 쪽에서 다시 꺾인다. 크고 웅장한 저택들이 나타난다. 등소평의 딸집을 지나 손문과 송경령이 살던 집안으로 들어간다. 1912년 대총통이 된 손문과 27세 연하 송경령이 결혼한다. 가문의 반대를 무릅쓴 송경령의 결심이야말로 개인사를 뛰어넘는 역사적 결단이 되었다. 이걸 보면 역사가 인간을 선택하기 보다는 인간이 역사를 선택하는 게 아닐까, 그런 생각이 든다.

얼어붙은 이화원 호수는 지금 아이들의 눈썰매장이 되었다. 벌써 하루해가 기웃거린다. 유명한 왕푸징王府井거리를 걷는다. 화려하다. 우리나라 롯데백화점도 여기 진출해 있다. 지금 북경 오리구이집으로 가는 길이다. 베이징의 맛집 안내책자마다 빠지지 않고 등장하는 베이징 카오야! 북경의 밤이 깊어간다.

서안, 향기로운 이름

여보게 그 쪽은 안녕하신가? 서쪽은 아직도 평안하다네.

운명처럼 서역을 향하여 발판을 만들고, 서쪽으로 서쪽으로 뻗어나간 길. 오래된 골목길에 서서 다시 서녘으로 이우는 낙조를 본다. 오랜 세월 사람들 발길에 닳은 돌길의 윤기에서도 향기가 난다. 바닥 돌 위에 새겨진 꽃잎 문양이 내게 안부를 전한다. 하지만 그도 잠시, 갑자기 천둥소리 들리고 일진광풍이 휘몰아치는 환상을 본다. 병거와 화차가 지나가고 우렁찬 함성을 들은 것 같다. 어제 진시왕릉의 병마용에서 본 전사들의 토우土偶 때문일까? 아니면 아름다운 종루의 야경이 남긴 잔영 탓일까.

어쩌면 역사란 아름다움과 피비린내가 교차하며 엮어놓은 씨줄과 날줄이거나, 피의 대가로 쟁취한 아름다움이라 말하면 어떨까. 특히 서안에서 부쩍 그런 생각을 한다.

어느 땐가 세계의 중심으로 우뚝 서서 카푸트 문디Caput

mundi, 즉 지상의 도읍으로 군림한 곳이 서안이다. 중국 최초의 통일 왕조인 진秦의 수도 함양이 바로 지척이다. 함양은 주周와 진나라가 일어났던 패업의 땅으로 관중關中으로도 불렸다. 항우에 의해 방화로 폐허가 된 후, 유방은 인근의 지금 서안에 도읍을 잡는다. 한나라가 서안에 터전을 잡은 이후, 당나라 때 수도 장안長安으로 불린 곳도 바로 이곳이다. 서안이 천부天府, 곧 천연의 보물창고로 불린 것도 이 때문이다. 수隋, 당唐을 거치며, 특히 7-10세기엔 세계문화의 심장으로 여겨졌다. 그러니까 그 시대 서안은 유럽의 로마와 쌍벽을 이루는 소위 이마고문디Imago-mundi, 곧 세계의 모형으로 자리했던 셈이다. 우리 신라의 경주나 일본의 교토京都 역시 서안을 모델로 만들어진 도시였으니, 그 영향력을 짐작할 만하다. 당나라 이후 서안은 도읍에서 영원히 멀어졌지만 말이다.

하긴 기원전부터 이미 만리장성을 축조한 그들이 아닌가. 어찌 삶의 안에서 뿐이랴. 땅속에도 죽음의 도시를 건설하였으니, 1974년에야 발견된 진시왕릉의 지하도시와 병마용 말이다. 그걸 보고 있으면 인간의 광기를 떠올리기 전 나는 왜 그들의 문화 역량에 먼저 주눅이 드는지 모르겠다.

.

서안 성곽의 견고한 입체미는 물론 소안탑, 대안탑, 현장법사가 기거했던 대자은사, 공자사당, 비림 등, 유적의 자취 가득한 그 인상보다도 나는 한때 세계의 서울이었던 서안의 풍취와 냄새에 젖어, 유적이 어떻게 부활하고 있는지 그걸 들여다보고 싶어진다.

회족回族거리의 풍경이야말로 이들의 다문화적 특성, 중국인의 심성 속에 자라온 수용과 포용의 역사를 짐작하게 하는 자리다. 이질적인 걸 아우르고 변용하려는 이들의 가치관이 이곳을 서역 진출의 교두보로 만들었으니 말이다.

　실크로드의 기점으로서 서안은 동서교역의 창구에 만족하지 않고, 미지의 세계를 배우고 그 세계를 자신의 권역으로 끌어들였으니, 이들은 그때 이미 세계화를 실천한 민족이다. 거대한 중국 영토는 저절로 확장된 게 아니라, 이들의 진취적 기상이 일구어낸 피땀의 보상이었던 셈이다.
　화려한 유적의 역사는 이 땅에 꽃피웠던 문화의 발자취다. 이 땅이 낳은 문학, 그림, 건축, 음식물들을 떠올려 보라. 얼핏 문학만 살펴도 백거이의 <장한가.長恨歌), 왕유 <

진시황릉 동마차

향적사를 지나며> 그리고 20세기 자평와賈平凹(1952-) <폐도.廢都>의 무대가 여기다. 특히 백거이의 <장한가>엔 '봄 추위를 녹이기 위한 화청지'란 시구가 보이는데, 화청지華淸池는 당 현종의 애인 양귀비가 목욕을 즐기던 곳으로 안록산의 난에 빌미를 제공한 치욕의 자리다.

송宋나라 이후, 두번 다시 도읍으로 부름받지 못한 채, 이곳이 쇠락한 걸 지력이 쇠하거나 잦은 전쟁에서 찾고 있지만 내 생각은 다르다. 꽃도 만개하면 낙화하듯이 문화도 지나치게 숙성되면 힘을 잃는 법, 다만 서안의 쇠퇴는 만개한 문화 탓이었을지 모른다는 게 지나친 억측일까.

사회주의가 실패로 끝났다지만 지구상에서 사회주의로 성공한 나라도 있다. 확실히 중국은 사회주의 체제 때문에 부활하고 있다. 때론 인간의 존엄성 문제가 도마 위에 오르기도 하지만, 이들은 사회주의만의 강점을 활용하여 고도성장을 이끌어냈음은 물론, 저 빛나는 유적에 기대어 문화 역량 또한 놀라운 속도로 회복해가고 있다.

그 이름이 '오랜 평안'이든 '서쪽의 평화'든, 장안에서 서안으로 이어진 이 땅은 그 이름만으로도 중국 역사의 중심을 지나왔으니 셰익스피어 식으로 말하면, 서안은 그 이름만으로도 향기롭다.

비림의 비석-왕희지체

비림의 비석- 한 장제(기원전1세기) 글씨

울음터를 찾아서

동북 최대도시 심양沈陽은 중국 10대 도시다. 만주족 누루하치가 명明을 멸하고 요동벌의 중심도시 랴오양遼陽에서 이곳으로 도읍을 옮기고 성경盛京이라 불렀으니, 박경리 『토지』의 중심무대 봉천奉天이 바로 여기다. 열하의 지류 혼하渾河가 도심을 감싸 도는데 오랑캐강이란 뜻이니, 역사의 아이러니는 강 이름 속에도 있다.

연암은 『열하일기』의 <성경잡지>盛京雜識에서 이렇게 말한다.

...심양은 본시 청나라가 일어난 터전이어서 동으로 영고탑과 맞물고, 북으로 열하를 끌어당기고 남으로는 조선을 어루만지며 서로는 향하는 곳마다 감히 까닥하지 못하니, 그 근본을 튼튼히 다짐이 역대에 비하여 훨씬 낫기 때문일 것이다...

이렇게 진단하면서도, 거기서 만난 청나라인들의 인상을

몹시 부정적으로 그리고 있다. 이미 세계화를 이룬 청나라의 근대적 풍경, 그리고 선진학문에 대한 담론이 활성화된 그 땅에서, 아마 연암은 그렇게라도 반도인으로서의 자긍심을 잃지 않고 싶었던 걸까. 그의 착잡했을 그때 심경을 오늘의 내가 어쩌면 이토록 절실하게 느끼고 있는가. 참으로 알 수 없는 일이다. 아니다. 그래서 나는 갑자기 울고 싶어졌다.

우리가 오랑캐로 폄하했던 그들이 이룬, 그 놀라운 발전 앞에서 연암은 끝내 말을 잊는다. 아무튼 국호를 후금에서 청으로 바꾼 건 2대 황제 홍타이지 때다. 한족漢族의 입장에서 본다면, 청淸 왕조는 태어나지 말았어야 할 왕조다. 변발로 상징되는 이민족 문화가 주자학, 성리학으로 무장한 한족문화를 짓밟았으니 말이다. 그 문화충격은 조선반도에도 그대로 번져 조선 지식인 사회 또한 한참 동안 갈피를 잃고 뒤뚱거렸지만 말이다.

청문명은 사실 17-18세기 세계문명의 절반이었으니, 중국 역사상 그걸 성취한 왕조는 당唐과 청淸이 가장 오롯하다. 18세기 북학파로 불리는 한 무리의 조선 선비들이 이곳을 찾아왔으니, 유득공, 이덕무, 박제가 그리고 박지원이다. 이미 16세기부터 이곳을 왕래한 지식인들에 의해 놀라운 소문이 전설처럼 회자되던 때다.
이들이 앞을 다투어 오랑캐 왕조를 찾은 건 문화충격의 자장이 상상할 수 없을 만큼 컸던 탓이거니와, 비로소 세계 속의 조선에 대해 눈을 떴기 때문이다. 그들은 여기서 절망을 배웠으며, 뒤쳐진 조선의 현실을 자각하게 된다. 연암이 조선 지식인들의 그릇된 편견을 질타한 건, 앞선 문명을 흡수하려는 열망 때문이었으니, 고문의 고루한 법도에 얽매인 당시 사회에 패관기서의 자유분방한 붓끝을 들이댄 것도 그 때문이다.

당시 청나라는 지동설은 물론 서구과학이론이 유입되고, 천주교, 티벳 불교 등 세계의 사상이 종횡으로 유포된 지역이었다. 근대적 도시건설의 자취는 아직도 남아있으니, 건축, 도로, 성곽, 교량 및 농지정리와 경작술은 선진화의 모델이었다. 연암보다 앞서 이곳에 왔던 박제가는 『북학의』에서 이를 소상히 소개하고 있다.

심양의 소릉昭陵(북릉北陵)은 세계문화유산이다. 제2대 황제 청태종 홍타이지의 능이다. 17세기 청의 화려한 건축양식은 당시 이들의 문화역량을 비추는 거울이다. 그런데 황제의 무덤 모양이 충격적이다. 풀 한 포기 없이 대머리처럼 밀어버린 봉분 꼭대기에 나무 한 그루만 서있다. 재미있는 건 그게 만주족의 변발 모양을 닮았다는 사실이다. 심양을 축으로 무순撫順, 본계本溪, 환인桓仁, 청원淸原 지역이 모두 만주족 자치구다.

심양에 도착하여, 먼저 집안부터 찾았으며 사흘간 조선족 자치구를 지나온 길이다. 길림吉林, 돈화敦化, 안도安圖, 연길延吉, 도문圖們까지 두루 돌았다. 용정龍井의 용두레,

비암산의 일송정, 해란강의 용문교, 윤동주 시인의 모교 대성중학, 그리고 두만강에서 뗏목을 탔다.

압록강

어제 단동丹東에 도착하여 압록강 유람을 하고, 위화도를 지나고, 강 건너 헐벗은 북녘 땅을 바라보며 울적했던 마음은 압록강변에서 호산장성虎山長城을 보는 순간 경악으로 바뀌었다. 이 성은 압록강 상류에서 북쪽 20km지점에 있다. 산성에 오르니 압록강 건너로 북한 영토가 눈앞에 있다. 호산장성은 최근 중국의 동북공정 시비에 휘말린 성이다. 만리장성과 똑같은 모습으로 복원하여 산해관이 아니라 이곳이 만리장성의 출발점이라고 새삼스런 주장을 하고 있기 때문이다. 성문 앞 석비에 보니, 정말 그렇게 적혀있다. 이곳은 사실 고구려의 박작산성泊灼山城이다.

지금부터 단동에서 봉성, 초하구, 청석령, 석문을 지나 요양과 십리하를 거쳐, 다시 심양으로 돌아올 예정이다. 그렇다. 나는 지금 요동벌판을 찾아가는 중이다. 아니, 유명한 호곡장好哭場으로 가는 길이다. 이곳에 온 지 일주가 지났지만, 요동까지 이르는데 50년이 걸린 셈이다. 도중에 세계최장 석회암 동굴 본계수동本溪水洞을 보고, 봉성을 병풍처럼 두르고 홀로 우뚝한 봉황산鳳凰山을 본다. 이제 초하구와 청석령을 지나 관문 석문령을 지나면, 이윽고 요양에 당도하게 된다. 예로부터 그래서 청석령을 지나면 요동벌이라 했다過靑石嶺入遼野.

봉성의 봉황산은 산꾼인 내 눈에도 범상치 않다. 화강암 암괴가 벌써 나를 유혹한다. 연암이 『열하일기』에서 도봉, 삼각산과 비교하며, 크기는 크지만 그 맑은 기운은 그만 못하다고 말한 바로 그 산이다.

...멀리 봉황산을 바라보니, 전체가 돌로 깎아 세운 듯 평지에 우뚝 솟아서, 마치 손바닥 위에 손가락을 세운 듯 하며, 연꽃 봉오리가 반쯤 피어난 듯도 하고, 하늘가에 여름 구름의 기이한 변태나 아름다운 자세와 같아서 무어라 형용키는 어려우나, 다만 맑고 윤택한 기운이 모자라는 것이 흠이다...... 신령스럽고 밝은 기운이야말로 의당 범상한 산세와 다름이 있는 것이다. 이제 이 봉황산 형세의 기이하고 뾰족하고 높고 빼어남이 비록 도봉, 삼각보다 지나침이 있건마는, 거기 어린 빛깔은 한양의 모든 산에 미치지 못할 것이다...

연암보다 앞서 18세기 봉황산을 만났던 김창업과 최덕중은 기묘한 암벽군락을 보며, 우리의 수락산과 월출산

안시성이 있던 자리에 서있는 봉황산성

을 떠올렸다. 봉황산은 장백산의 줄기로 최고봉은 찬운봉 836.4m인데, 청나라 땐 천산, 약산, 의무려산과 함께 요녕성의 4대 명산으로 꼽혔다.

1684년 연행에 참여했던 남구만1629-1711은 이곳 봉황성이 안시성이란 사실을 처음으로 발설했다. 당태종과 고구려 양만춘 장군의 항전으로 유명한 격전지 말이다.

...봉황성 책문 밖에 안시성이 있다. 바위 봉우리가 동서로 가운데 사이를 두고 벌려 서있어 봉황이 양 날개를 펼친 듯하다. 옛날 석성이 있어 두 봉우리를 안고 연결되어 있는데 그 안에 십만 명을 수용할 수 있다. 역관패들이 지목하여 말하기를 이곳이 옛날 안시성이라고 말한다...

수려한 봉황산의 여러 표정들. 산세가
삼각산이나 월출산을 닮았다고 말한 것
에 나도 백번 동의한다.

봉황성이 바로 안시성이란 남구만의 견해에 동조한 연암
은 좀 더 분석적으로 접근한다

  ...고구려의 옛 방언에 큰 새를 안시安市라 하니, 지금도 우
리 시골말에 봉황을 황새라 하고 사蛇를 배암白巖이라 함을
보아서, 수, 당 때에 이 나라 말을 좇아 봉황성을 안시성으
로, 사성蛇城을 백암성白巖城으로 고쳤다는 전설이 자못 그
러한 것 같기도 하다...

 청석령과 석문령 너머로부터 요양 인근, 거기서 다시 산
해관까지 일천이백리, 일망무제로 탁 트인 요동벌에서 연
암의 유명한 호곡장好哭場이 쓰여진다. 거기, 연암다운 상
상력과 유추의 눈길이 보태져 창의적 가설 하나가 탄생한
다.

 아기는 태어날 때 왜 우는가?

 연암이 살았던 18세기까지도 이에 대한 답변이 부재했
다. 그런데 연암은 여기, 아주 시적인 답변 하나를 제시한
다. 어머니의 모태가 아무리 아늑해도 아기에겐 비좁고 불
편했을 터, 그러다가 대명천지, 확 트인 세상으로 나오니,
아기는 본능적으로 자유를 느끼고 감동했으리란 진단이
다. 얼마나 근사한가? 자신이 광활한 벌판에서 울고 싶은
충동을 느낀 것처럼, 아기가 태어나며 첫울음을 터뜨리는
것도 감동 때문이라고!

... 아, 참 울기 좋은 울음터로다 好哭場, 可以哭矣...... 무릇 아기가 엄마의 태중에 있을 때 캄캄하고 막히고 겯려서 갑갑하게 지내다가, 갑자기 넓고 훤한 곳에 터져 나와 손을 펴고 발을 펴매 그 마음이 시원할지니, 어찌 한 마디 참된 소리를 내어 제멋대로 외치지 않으리오...... 요동벌판에 와서 여기서부터 산해관까지 1천2백리 사방에 도무지 한 점의 산도 없이 하늘 끝과 땅 변두리가 맞닿은 곳이 아교풀로 붙인 듯, 실로 꿰맨 듯 고금에 오가는 비구름이 다만 창창할 뿐이니, 이 역시 한바탕 울 만한 곳이 아니겠소...

연암의 감동이론은 그러나 학계의 공인 과정에 문제가 생기고 만다. 20세기의 어느 날, 실패한 의사 프로이트 Freud가 트라우마Trauma 이론을 들고 나왔기 때문이다. 산모가 진통을 겪는 것처럼 아기도 함께 아프다는 출생외상 Birth-trauma이론 말이다. 프로이트 대답은 간단명료하다. 아프니까 운다는 것이다. 그의 진단이 진실에 가깝다 하더라도 이 의사의 답변에 비해, 연암의 가설은 품위가 있고 더 시적이란 게 내 생각이다.

지금 내가 서있는 이곳, 요양 인근의 지평선 앞에서 호곡장이 쓰여진다. 허나 요동벌판은 더 이상 일망무제가 아니다. 그 사이 여러 도시와 크고 작은 마을이 생겼고, 옛 평원은 경작지로 바뀌어 옥수수만 무성하다. 그래서 지금 이 벌판에서 연암 당시의 정경을 떠올리기란 쉽지 않다.

홍대용의 지전설을 옹호하며, 유학의 절대 진리였던 천원지방天圓地方, 곧 하늘은 둥글고 땅은 모나다는 전통적

연암 박지원 초상화(자료사진)

열하일기

울음터, 요동벌판의 현재 모습들

가치에 회의했던 연암이다. 일망무제, 이 광활한 요동벌에서 그 역시 지원우전地圓又轉, 지구는 둥글며 자전한다는 이치를 새삼 깨달았던 걸까. 하기야 지평선으로 지는 해가 둥근 반구를 넘어 떨어지는 걸 목격했을 때의 감회가 얼마나 충격이었을까.

<흑정필담>은 중국인 흑정 왕민호王民皞와 8시간에 걸친 필담을 기록한 글이다. 필담하는 사이 수십 장의 종이를 허비했다고 밝히고 있다. 이 대담에서 연암은 지구가 둥글다는 논리를 다음과 같이 펼친다.

...하늘이 만든 것치고 어떤 물건이고 모진 것은 없습니다. 비록 저 모기다리, 누에궁둥이, 빗방울, 눈물, 침 등 어느 것이라도 둥글지 않은 게 없지요...

이 멋진 비유를 연암은 담헌 홍대용의 영향으로 돌린다. '저의 벗 홍대용이 지전설地轉設을 창안했다'고 말이다. 『열하일기』를 읽으며 재미있는 상상 하나를 보탠다. 연암 1737-1805은 여섯 살 연상의 홍대용1731-1783을 한사코 '내 친구'라고 부른다. 홍대용의 자 덕보德保, 또는 호 담헌과 이름을 골고루 부르면서 말이다. 이것은 불과 네 살 아래인 이덕무1741-1793로부터 깍듯이 스승의 예우를 받은 것과도 비교된다.

그러나 홍대용에 대한 연암의 친밀감은 사실 존경에 가깝다. 그의 학설에 대한 옹호는 물론 중국학자들에게 홍대용을 수없이 거론한 게 그 근거다.

<혹정필담>만 봐도, 연암이 사뭇 홍대용을 거론하자 왕혹정 또한 바짝 호기심을 드러낸다. 아예 도통한 신선쯤으로 여겼는지,

"그래, 홍담헌 선생은 건상乾象을 점칠 줄 아십니까?"

이에 연암도 한 발을 빼며,

"아뇨, 저의 벗은 기하幾何에 관심을 갖고 그 전도의 느리고 빠름을 터득코자 했으나, 아직 이루진 못했습니다." 하고 말이다. 연암이 '내 친구 홍덕보는 선배들이 천주당의 가치를 놓친 걸 비판했다'는 언급은 연암 자신 또한 천주당의 가치에 대해 인식하고 있다는 반증이다. 이 둘은 진보적인 서구사상에 누구보다 먼저 귀를 기울였다.

생각해보면 연암학파의 좌장일 뿐만 아니라, 연경 행을 가장 먼저 관철하고 진보된 서구학문을 수용했던 홍대용이다. 이것은 연암의 카리스마를 느끼게도 하지만, 연하의 연암과 스스럼없이 어울렸던 홍대용의 인간적 크기를 짐작할 수 있는 대목이기도 하다.

그런가하면 연암이 길지 않은 2개월여의 연경 여정을 그토록 풍성하게 채운 비밀이 <상루필담>에서 밝혀지기도 한다.

연암: 형님(박명원)이 매우 심심해하더군.
노군: 사또께선 매우 적막하십니다.
연암: 달을 따라 어디 좋은 데 가서 얘기나 나누자꾸나.
노군: 어딜요?
연암: 그야 어디든지.

그리하여 다시 길거리 순례가 시작되고, 한 무리의 중국인들과 필담이 시작된다. 연암의 필체에 놀란 중국인들이 먹을 갈고 종이를 펴면서 "목수환이 선생의 필적을 얻어 간직하고자 합니다." 그런 경우와 만난다.

연암의 여정을 살펴보면 내내 그런 식이었다. 촌음을 아껴 현지인들과 만나 삶의 바닥을 염탐꾼처럼 탐문한 연암이다. 『열하일기』는 그런 그의 열정과 관심이 빚어낸 결실이었던 것이다.

하지만 눈에 보이는 현상이 아니라, 마음의 눈으로 대상을 부여잡아 본질 안쪽으로 틈입하라 가르친 게 연암의 뜻이다. <일야구도하기>의 가르침이 그렇다. 그때 우리는 비로소 검은 까마귀가 아니라, 붉고 푸른 까마귀를 보게 된다고 말이다.

이윽고 요양에 당도한 연암은 풍문으로 듣던 백탑과 만나고, <요동백탑기>를 남긴다.

...관제묘를 나와 5마장도 채 못 가서 하얀 빛깔의 탑이 보인다...... 요동은 외편에 창해를 끼고 앞으로는 벌판이 열려서 거칠 것 없이 천리가 아득하게 되었는데, 이제 백탑이 그 3분의 1을 차지하였다...

연암을 따라오는 동안, 수많은 생각의 갈래들이 강물이나 높고 낮은 산처럼, 혹은 거칠 것 없는 저 벌판처럼 나를 따라다녔다. 무슨 까닭일까. 이 여정이 나는 몹시 불편했다는 걸 고백해야겠다. 그건 몸으로 겪는 어려움 때문이 아니라, 마음으로 느끼는 일종의 허기 때문이었다. 그건 역사의식에서 우러난 허기가 아니라, 현재의 반도 상황에 대한 알 수 없는 결핍감 때문이었다. 채워지지 않는 일종의 부재감이랄까. 그런 느낌이 분노처럼 울컥 내 등을 후려쳤기 때문이다.

『열하일기』에도 나오는 요양의 백탑

*이 글은 저자의 『문학길 순례』 내용을 대폭 보강하여 다시 쓴 글임

3부

장
강
일
기

장강일기

 전화백님! 반년이 지났습니다. 그간 많이 적조했습니다. 지금이 오후5시, 한국시간으로 6시가 되었으니, 돈암동이나 인사동쯤에서 우리가 회동할 시간이네요. 대개 선생님은 무거운 화구를 짊어진 채 야외스케치에서 돌아오는 길일 테고, 임회장님과 저는 가방을 둘러메고 퇴근할 시간이지요. 남들 같은 술자리가 아니라 오늘은 누가 어떤 돌발적인 화두를 먼저 던지나, 그걸 기다려온 사람들처럼 책 밖의 책을 찾아 우린 항상 시간이 모자라곤 했지요. 허나 야속한 시간은 주막의 길손들을 차례로 밀어내고, 주모의 불편한 시선이 뒤통수에 꽂힐 때까지 우리의 대화는 멈춘 적이 없었으니! 지금 몸이 먼저 아우성치는 소리를 듣습니다. 그건 오랫동안 마시지 않은 술 탓이 아니라, 대화의 빈곤 때문에 영혼이 먼저 갈증을 느끼고 몸을 건드리기 때문입니다. 장자가 혜자의 무덤을 지나며 슬퍼한 것도 대화할 상대가 없다는 탄식이었으니, 저 같은 범인에게야 오죽하겠습니까

자산이 아우 다산에게 편지를 보내되, 피차 귀양 중에 늘 아우의 대화 벗이 되어준 황상黃裳에 대한 찬사를 그토록 길게 늘어놓았던 뜻을 이제야 뼈저리게 이해하겠습니다. 더구나 황상은 머나먼 물길을 마다않고 자산을 찾아, 아우의 안부까지 소상히 전했으니, 오갈 수 없는 두 형제에겐 대화의 끈이었던 셈이지요.

　대화가 한국어에 대한 이해와 습득의 차원에서 이루어지다 보니, 먼저 혀가 녹슬고 정신이 공허해지는 걸 견디기 어렵습니다. 말을 익히는 것과 대화다운 대화는 차이가 큽니다.

　어찌 다산뿐이겠습니까. 정조의 총애를 받던 눈 밝은 선비 연암이 한번 연경을 다녀간 뒤 사람이 바뀐 일 말입니다. 돌연 연암은 중국식 문장을 타파하고 조선식 한문을 주창했으니, 한문소설 『양반전』이나 『호질』이 그때 쓰여졌으며 『열하일기』가 그 완결판이지요.

　다급해진 정조가 연암 류의 패관기서를 따르지 못하도록 훈령을 발표하기에 이르렀으니, 그것이 바로 '문체반정' 사건이지요. 그때 연암은 여기서 무엇을 보고 느꼈던 걸까요. 중국에 종속된 문장이 아니라 조선식 문장이 절실하다는 자각은 아니었을까요. 하지만 문장의 행간마다 조선 양반사회에 대한 비판을 숨기지 않은 건 앞선 청나라 문물에 대한 부러움은 물론 사회개조에 대한 열망이었겠지요. 두 세기하고도 이십여 년 세월이 더 지나, 연암보다 더 오래 머물 예정인 저로선 그래서 숙제도 많아집니다.

　강의가 없는 시간이면 절대침묵만을 되풀이하다 보니,

이젠 귀가 반란을 일으킵니다. 인간의 귀란 늘 소리를 받아들여 그것을 정신과 버무리는 역할에 충실해 왔으니, 귀인들 어찌 지루하지 않겠습니까. 이러다가도 밖에 나가면, 귀는 다시 갈피를 잡지 못합니다. 말소리가 시끄럽고 높낮이가 필요 이상으로 요동치니, 늘 나직나직한 음성에 길들

창저우성당

여진 귀가 거부반응을 일으킨 것이지요. 일상 대화 건 전화 건 이들은 호객꾼처럼 언성을 높입니다. 귀가 밝다는 건 총명함이요, 귀가 어두운 자만이 소리 높여 이야기하는 법이지요.

이젠 하늘빛이 노상 회색이란 게 억울하지 않으며, 지천에 깔린 먼지와도 친해졌습니다. 소득이 아주 없는 것도 아니어서, 글을 많이 쓰거나 몇 군데 여행을 다녀온 건 큰 위안입니다. 외롭고 힘들수록 글의 양은 비례한다는 걸 절감한 것도 소득이지요. 글이란 게 할 말을 다하는 수다와 달라 곁가지를 추려내고 나면 절제와 미화로 기울곤 하지만, 그게 또한 글의 속성인 걸 어찌하겠습니까.

주일이면 성당으로 향하던 발길이 끊기자, 그 길목이 몹시 그리워져서 두 다리가 방향을 잃고 서성입니다. 다시 다산초당 곁, 그때 우리가 함께 바라보던 천일각이 생각납니다. 하늘과 내가 하나란 건 주님과 내가 하나란 뜻으로도 읽을 수 있을 테니, 다산의 고집도 어지간하지요. 집안이 온통 천주학쟁이로 몰려 패가하고, 뿔뿔이 귀양길에 오른 마당이었으니 말입니다.

어느 주일, 하릴없이 길을 나섰다가 그예 길을 잃고, 어허 이거 낭패로군, 지나치는 차 한 대 없으니… 눈길이 사뭇 바빠질 무렵, 아아, 나를 이곳으로 이끈 분이 따로 계셨구나! 거기 낡은 집 간판에 쓰여진 오래된 글씨, '상주성당' 尚州聖堂!

그때서야 필리핀을 거쳐 온 천주교가 이곳 상하이 권역을 지나 한국에 전파된 사실을 떠올렸으며, 주문모 신부님을 기억해냈습니다. 낡았으나 아주 품위 있게 지어진 그 폐가 앞을 한참이나 서성였습니다. 소리 없이 눈물이 흘러내렸습니다. 자세히 보니 장소를 옮겨 문화재로 복원공사를 한다는 안내문이 붙어있었습니다.

인간의 심신은 자신의 처지가 한없이 누추해졌을 때, 오히려 혜안에 이른다고 읽어왔지만, 선인들의 도량을 따라하기엔 제 지혜가 몹시 궁색한 모양입니다.

그 사이 시간은 흘러 밖이 아주 깜깜해졌습니다. 그 어둠과 함께 잿빛 하늘도 사라지자, 무서운 적막이 시작됩니다. 이제 늦은 저녁밥을 안치고 밤이면 춥춥해지는 침상에 불을 넣어야겠습니다.

바다도 보이지 않는 이곳에 와서 바다 꿈을 자주 꾸는 것은 제가 바닷가 태생인 때문이듯이, 돈암동이나 인사동 근처를 맴도는 것 또한 꿈길엔 낯선 일이 아닙니다. 무슨 대화를 나누었는지 가물거리지만, 그런 꿈을 꾸고 나면 뒤끝이 개운합니다. 오늘 밤 꿈길엔 '독도참치' 쪽으로 발길을 틀 생각입니다. 생선 생각이 몹시 간절해졌기 때문이지요.

다시, 장강일기

유태우 교수님! 누울 자리를 보고 발을 뻗으란 말이 있습니다. 실존철학 쪽에서 보자면, 합당한 상황일 때 행위를 선택하란 뜻이겠지요. 저 또한 이곳으로 오기 전 그 말을 줄곧 생각했는지 모릅니다. 그렇지 않고서야 안정을 도모할 나이에 이런 모험을 감행했을 까닭이 없지요. 저를 이곳으로 내몬 건 바로 저 자신이었으니 말입니다.

변방문학의 토포그라피, 곧 영미문학의 울 밖으로 밀려난 문학의 지형학에 골몰할 즈음 동북아시아 문학, 특히 중국문학을 풀어야만 이 문제가 해결될 수 있다는 해답에 이르렀지요. 사실 중국의 고전문학을 이야기 하자면, 세계문학의 절반 이상입니다. 시문과 산문이 나란하되, 시, 문, 부, 사의 정교한 세분화와 엄격성을 따지면 숨이 막힐 지경이지요. 허나 저는 수명을 다한 그쪽을 엿볼 생각은 아니었습니다.

마치 긴 잠에서 깨어난 한 마리 용이 꿈틀거리듯 중국은 지금 곳곳이 파헤쳐지고, 자고나면 빌딩이 하나씩 들어서는 느낌입니다. 어수선해서 그렇지 무수히 뿌려지는 낟알을 수확할 무렵, 중국의 미래는 상상하기 어렵습니다.

여기 와서 중국문학의 살아있는 현장을 체험하게 된 건 다행입니다. 무서운 속도로 구습을 타파하고 있는 건 문학, 영화, 연극 등 예술도 예외가 아니어서, 지금이야말로 이들은 자발적인 문화의 혁명기를 맞이하고 있는 분위기입니다. 슬로건마다 '법고창신'이니, 뒤늦게나마 그 가치를 깨달은 모양이지요.

일찍이 박제가, 이덕무 선생이 연경을 다녀와 청나라의 진보된 문화를 알리고, 유득공, 박지원 선생이 이곳의 학자들과 교류를 텄듯이, 후대에 추사가 필생의 목표로 삼아 기어코 그 뜻을 관철한 것도 연경행이 아니었습니까? 추사는 약관 스물넷에 연경으로 건너가 대학자 옹방강을 만나고, 거기서 경학과 금석문을 터득하여 유명한 추사체를 창조하기에 이르지요. 저는 그분들에게서 문화의 지형학을 지향했던 발자취를 봅니다.

동시대 다산은 유배에 묶여 학문적 라이벌이던 연암의 연경행 소식을 접했을 때, 자신의 처지가 얼마나 아쉬웠을까요? 이국땅에서 선학들의 심경을 추측해보니 재미도 있습니다. 다산이 방대한 저작을 잇달아 내놓자 연암은 보란듯이 『열하일기』를 묶어냈지요. 사실 연암이 중국에 머문 기간은 1780년 5월 25일부터 10월 27일까지였으나, 일기의 기록은 1780년 6월 24일부터 8월 20일까지 약 2개월간의 견문을 기록한 것이지요. 정조5년, 그의 나이 44세 때인데, 정사였던 8촌형 박명원이 청건륭제 칠순사절

단으로 연경에 올 때, 수행원으로 이곳에 옵니다. 뜨거운 강이란 뜻의 열하(르어허)는 허베이성을 흐르는 강인데, 지금 청더(숭더)의 옛 지명이구요.

연암은 『열하일기』를 통해 조선 양반사회의 문제점을 조목조목 비판하여, 정조로부터 자송문을 바치라는 격노를 받게 되고, 그예 '문체반정'의 표적이 되지요. 하지만 그의 문하에서 공부한 제자들, 이덕무, 유득공, 이서구, 박제가는 조선의 후4가로 꼽혔으니, 스승으로서 그의 품과 깊이를 짐작하고 남음이 있습니다.

하지만 전하는 바에 의하면, 연암과 다산은 상대의 저서를 접하지 않았다니 그 또한 재미가 있습니다. 마치 맹금류끼리는 서로를 피하여, 그 영역을 달리하는 이치와도 흡사한 걸까요. 여기서 허베이성의 열하는 너무 멀고, 대신 장강이 지척이니, 저도 『장강일기』나 써볼 생각입니다. 제 라이벌이신 유 교수님께서 『신경세유표』를 쓰신들 저 또한 눈길을 피하여 짐짓 못 본 척 할 생각입니다만.

신라의 혜초스님이나 최고운 선생으로부터 조선조의 내로라는 문사들에 이르기까지 이 대륙을 빌미로 삼지 않고선 사뭇 반도의 품새가 비좁게만 여겨졌던 연유를 새삼 기억하려 합니다.

모옌, 왕멍, 베이따오 같이 노벨상의 문턱에 다다른 저력있는 작가, 시인들을 이곳 사람들은 잘 모르고 있으니 아이러니가 아닐 수 없습니다. 그러나 서점은 달라서 모옌과 왕멍의 최신작들이 즐비하게 꽂혀있습니다. 새천년 이미 노벨상을 수상한 가오징젠은 불란서 국적이고 베이따오 또한 망명시인이니, 그들의 저서를 구할 수 없는 게 안타깝습니다.

그 대신, 중국진보시인 그룹의 엔솔러지 『홍색시초』를 사서 읽고 있습니다. 그 제목은 제가 오래 전에 보았던, 헝가리 영화 <붉은 시편>Red psalm을 떠올리게 하는 제목입니다. 온통 붉은 물결 일색의 이곳에 와서, 제가 시집의 가제목으로 정한 것도 바로 『붉은 시편』이었거든요. 일이 계획대로 진행된다면, 돌아갈 땐, 『붉은 시편』『장강일기』와 <문학의 지형학> 원고가 어느 정도 마무리 단계로 접어들겠지요.

하지만 서점 중앙 가판대를 점유한 건 '청춘소설'이라 불리는 연애소설들, 만화책들뿐이니, 사정은 예나 게나 마찬가지란 생각도 듭니다. 돌아가면 제대로 말벗이나 될 수 있도록 저도 법고창신을 잊지 않겠습니다.

위썅로우쓰란 음식 앞에서

이곳에 온 후, 위썅로우쓰와 쓰완리황구아를 자주 먹는 편이다. 위썅로우쓰란 고기를 실처럼 썰어 물고기 향유에 무쳤다는 뜻이다. 실타래치곤 굵지만, 고기는 물론 청고추와 양파까지 잘고 길게 썰어 넣어 실의 뜻인 쓰絲란 명칭이 붙었나 보다.

쓰완리황구아를 직역하면, 마늘 진흙 오이다. 이게 무슨 소린가? 오이에 다져넣은 마늘을 진흙으로 비유한 것이다. 곰곰이 생각해 보니, 그 은유적 품새가 제법이다.

그러고 보니, 이들은 작명의 명수들이다. 뜻글자인 한자의 특성을 살려 절묘하게 붙여진 이름들이 많다. 그 은유 사력은 이미 시인의 눈빛을 넘어선다. 서안(시안)이 서쪽의 평화라면, 해안(하이안)은 바다의 평화요, 천안(티엔안)은 하늘의 평화다. 여고(루가오)가 언덕처럼 이라면, 여동(루똥)은 동녘이 밝아온다는 뜻이니 말이다.

비단 이름만이 아니다. 뜻과 무관하게 단어의 발음을 통해서도 비상한 연상력을 발휘할 뿐 아니라, 그걸 실생활에서 원칙처럼 지키고 있으니 말이다. 배(리)와 사과(핑구아)의 경우가 좋은 예다. 지천에 넘치는 과일이 배건만, 식당이건 가정집이건 배를 구경하기 힘들다. 배는 과일가계에서도 값이 싸다. 그런데도 이들은 값이 비싼 사과를 선호한다.

배를 자른다는 뜻이 '펀리'다. 그 발음은 사랑하는 사람과 헤어진다는 뜻의 '펀리'와 같다. 단지 발음이 동일하다는 이유만으로 이들은 배를 깎는 자체를 몹시 꺼린다. 반대로 사과(핑구아)는 평안(핑안)과 음가가 유사하다는 이유에서 즐겨 찾는다. 중국 지도를 펼쳐놓고 보니 놀라워라. 배리 자의 지명이 한군데도 보이지 않는다. 리쟝, 리양, 리닝, 리창... 리 자 돌림의 지명들마저 배 리 자를 교묘히 피해가고 있다.

한국어과 학생들 이름을 살펴본다. 려의, 중평, 송뢰, 운교, 도락, 미사, 양양, 안향, 소연... 빛나는 견해, 가운데 개구리밥, 소나무에 꽂힌 우뢰, 구름다리, 즐거운 복숭아, 쌀모래, 드넓은 바다, 편안한 향기, 새끼제비...

전부 빛나는 은유들이다. 고쳐놓고 보니 인디언의 이름을 보는 것 같다. 하긴 중국 현대사의 주역들 이름부터가 그렇다. 손중산, 모택동, 주은래, 등소평... 산의 한가운데, 동쪽으로, 은혜로운 내일, 작은 들판...

이토록 멋스러운 중국의 전통이나 맛깔스런 음식들이 지금 조악한 그릇에 담겨 내 앞에 있다. 은유의 바다를 헤쳐나와 지구상에서 가장 아름다운 그릇을 만들었던 시대를 지나, 지금 내 앞에 놓인 그릇의 이 돌연한 변모를 통해 나는 본다. 중국의 환부를, 그 치명적인 상처를, 은유를 짓밟고 있는 어두운 그림자를!

위쌍로우쓰란 음식 앞에서 내 생각 또한 실타래처럼 잘게 쪼개져 사방으로 질주한다. 우리는 어떤가? 이들이 안고 있는 그 환부가 바로 우리의 그것은 아닐까? 품위와 격조를 잃어버린 건물들, 상호들, 그리고 은유의 넉넉한 입김을 벗어난 이름들...

우선 우리의 한자어 지명은 거의가 중국의 지명을 본뜨거나 슬쩍 글자 하나를 바꾼 경우가 허다하다. 주州, 산山, 양陽, 강江으로 끝나는 지명이 특히 그러하니, 그걸 빼고나면 얼마나 남을까. 한자어로 지어진 사람 이름도 마찬가지다. 본디 말은 있으나 문자가 없어서 생긴 일이다.

그러나 한자 이름 이전부터 우리의 고유한 지명이 존재했던 사실은 안자산 <고지명의 해> 신채호『조선상고문화사』최남선 <불함문화론> 양주동『고가연구』등을 통해 이미 입증된 마당이다.

서울만 해도 가좌동-가재울. 필동-붓골. 묵동-먹골. 수유동-무넘이. 돈암동-되너미. 석관동-돌곶이. 노원-갈뜰, 등으로 부른다 하여 무슨 손실이라도 생기는 걸까? 뚝섬, 밤섬, 장승배기, 독바위, 새절, 등 기왕 쓰이고 있는 우리말 지명은 함께 살리면서 말이다.

이 대륙의 속국이었던 시절 붙여진 그 이름들을 이젠 청산할 때가 되었다. 인명이나 상호도 마찬가지다. 전향적 자각이란 의식의 토대, 그 하부구조로부터 불길이 번질 때

성공할 수 있는 법이다.

우리말을 살펴보면 은유의 향기가 물씬하면서도 고아한 언어들이 참 많다. 나는 언어의 첫 번째 요소가 뉘앙스라고 주장하는 사람이다. 우리 언어집단은 물론 다른 언어권 사람들이 듣기에도 어감이 좋아야 한다. 그리고 쉽게 발음할 수 있다면 더욱 좋다. 순우리말은 부르기도 쉽거니와 알파벳으로 표기할 경우에도 음가가 훨씬 부드럽다. 마을 이름으로, 버드미, 사여리, 동글, 무너미 등을 알파벳으로 바꿔보라. 쉽고 예쁘다. 사람 이름도 마찬가지다.

중국을 경유하여 한국에 온 서구인의 눈으로 바라보자. 대체 우리다운 맛과 멋을 어디서 찾을 수 있을까? 우리말 이름, 지명, 상호야말로, 한국의 독자적 아름다움을 회복할 수 있는 지름길이다. 그리고 좋은 어감의 고유어를 발굴하고 확장하는 일은 바로, 한글에 대한 운용의 미를 되살리는 일이다.

아무리 좋은 음식이라도 식당의 청결상태나 그릇에 의해 그 맛이 감소될 수 있는 것처럼 좋은 문화도 갈고 닦지 않으면 훼손되거나 부패하고 마니까.

중국 애국가

일어나라!/노예 되기 싫은 사람들아!/우리의 피와 살로/우리의 새 장성을 쌓자!/중화민족/가장 위험한 시기가 닥쳐/모든 사람의 억압 속 마지막 외침/ 일어나라! 일어나라! 일어나라!/우리 모두 한 마음으로/적의 포화를 뚫고/전진하자!/적의 포화를 뚫고/전진! 전진! 전진하자!

전한 작사, 섭이 작곡. 중화인민공화국의 애국가다. 치라이! 부왠쮀 누리더런먼!으로 시작되는 이 노래는 행진곡풍이어서 배우기가 쉽다. 군가 형식의 국가는 많지만 대개 그 나라의 역사, 지리적 위상을 드세워 민족의 미래를 축도하는 경우와 달리, 중국 국가는 순전히 외세로부터 조국을 지켜내자는 절박한 외침, 전투를 독려하는 단조로운 국가다. 그래서 그 뜻을 알고 나면 맥이 빠진다. 그럴만한 사정이 있다.

본디 <의용군진행곡>이던 것을 중화인민공화국의 출범과 함께 애국가로 지정했기 때문이다. 짐작컨대, 인민을

팔로군(자료사진)

본위로 삼는 공산주의 이념상, 단조롭고 단순한 형식이야
말로 인민의 편이라 여긴 듯하다. 이것은 같은 공산권이면
서도 북한 애국가가 의미심장한 노랫말을 보여주는 것과
도 비교된다.

북한 애국가는 유명한 월북시인 박세영이 가사를 짓고
김원균이 곡을 붙였다. 노랫말이 웅장하면서도 아름다운
비유로 아로새겨져 있다. 물론 북한은 지금 그 노랫말처
럼 살고 있지 못하지만 말이다. 중국의 TV를 지켜보면 드
라마도 뉴스도 광고도 한국 일색이다. 북한은 거의 다루지
않는다. 간간히 나온다는 게 핵문제 등, 불편한 뉴스뿐이
다. 그래서 역사의 아이러니는 여기서도 발견된다.

사정이 어떻든 이들이 도연명, 이백, 소동파의 후예란
걸 떠올리면, 중국 애국가의 노랫말은 아무래도 궁색하다는 인상을 지우기 어렵다.

중국 애국가로 바뀐 의용군진행곡의 전범은 <팔로군진행가>다. 팔로군은 우리의 독립군과 흡사한 민간저항군을 뜻한다. 1937년부터 시작된 중일전쟁 당시, 이들이 보여준 애국심과 희생정신은 대단하다. 남녀노소 없이 일제와 맞서 싸우며, 그들이 부른 노래가 <팔로군진행가>다. 이 노래는 후에 해방군가가 되었다가 중국군가로 확정된다. 중국 국가와 군가, 곧 의용군가와 팔로군가는 곡조와 가사가 아주 흡사하다. 모두 군가인 탓도 있지만 의용군가가 팔로군가를 모태로 만들어졌다는 걸 추측케 하는 대목이다.

여기서 흥미로운 사실이 발견된다. 중국 애국가의 모태인 팔로군가의 작곡자가 한국인이란 사실 때문이다. 이 곡은 공목이란 중국 시인이 작사했으며, 정율성鄭律成이란 한국인 음악가가 작곡했다. 열렬한 공산주의자였던 그는 남북 분단후 북한으로 돌아가 <조선인민군가>를 작곡하게 된다.

다시 생각해본다. 중국 애국가 가사가 이토록 단순 명료한 이유 말이다. 이들의 근대사만 훑어도 중국 역사는 피의 여정이다. 잠자는 사자, 이 거대한 대륙이 흔들리기 시작한 건 이미 19세기 초엽이다. 1806년 그리스도교 포교를 금지한 게 쇠운의 물꼬였다. 1842년 영국과의 아편전쟁에 패하면서 청나라는 급격한 쇠락의 길로 접어든다. 1884년엔 프랑스와, 1894년엔 청일전쟁까지 치른다. 집단구타를 당한 셈이다.

1912년 청나라는 268년간 버텨온 국호를 내린다. 동시에 들어선 원세개의 중화민국은 이미 꼭두각시 정부에 불과했다. 31년 만주사변, 37년 중일전쟁. 일본 패망 후 국민당과 공산당 사의의 싸움. 49년 중국인민공화국 출범. 66년의 문화혁명과 89년의 천안문 사건까지 끼워넣으면, 19세기 이래, 이 대륙은 잠잠할 날이 없었다.

아마도 그 여파일 것이다. 애국가에서 선동의 냄새가 나는 건. 그 노랫말이 구호에 가까운 것은. 그래서 그럴까? 지금도 온통 슬로건의 물결이다. 선진국가 건설, 문명인다운 행동, 인민본위 행정, 과학인재 육성... 획일적 선동이 창조의 적이란 걸 알만한 예술가들은 저 구호의 숲을 지나며 뭘 생각할까? 이방의 나그네는 그게 궁금할 뿐이다.

전기, 황제 주원장

이곳 TV에서 얼마 전 종영된 드라마 제목이 <전기, 황제 주원장>이다. 드라마를 잘 보지 않는 나도 거기 빠져, 저녁 7시 40분부터 9시 50분까지 두 시간이 넘게 자리를 뜨지 못했다. 미리 저녁을 챙겨 먹고 설거지를 마친 다음, 드라마를 기다렸을 정도다. 한국에서 <징기스칸>을 본 뒤론 처음 있는 일이다. <징기스칸>보다 밀도와 짜임새가 높고, 주연의 연기도 탁월해서 내가 돌아갈 즈음 한국에서 다시 방영되지 않을까 기대도 된다.

주원장1328-1398은 원나라가 파괴한 한족을 재건하여, 명나라를 세운 사람이다. 집안이 가난하여 형제가 뿔뿔이 흩어져 생사를 몰랐으며, 그 자신도 남의 문전을 기웃거린 걸식승이었다. 17세에 부모가 죽었을 땐 관조차 쓰지 못한 '악상'이었다고 『대명기』는 전한다. 초근목피로 연명하던 그 걸인은 광기를 느낄 만큼 배를 주린 뒤, 황각사란 절에 입문한다.

그의 운명을 바꾼 건 곽자흥의 죽음이다. 홍건적으로 알려진 곽군의 휘하에서, 당시 주원장은 고급장수였다. 1359-1361년 사이, 우리 고려를 침범하여 많은 피해를 끼친 바로 그 홍건적이다. 머리에 붉은 두건을 두른 그 농민반란군 말이다. 1352년 곽군이 죽자 주원장은 그 병권을 장악하여, 그의 나이 마흔이 되던 1368년 마침내 명나라를 세우고, 금릉으로 불리던 지금의 난징을 도읍으로 삼는다.

싸움터에서 보여준 그의 용기와 지략뿐 아니라, 사람을 끌어들이고 부리는 힘이 탁월했던 모양이다. 홍건적이란 말 속에선 어쩐지 중국공산당의 그 붉은 상징이 자꾸 겹쳐진다. 역대 개국시조들을 비판했던 모택동이지만, 주원장에 대해서만은 공경의 태도를 보였으니, 홍군의 말단 간부

주원장의 두 가지 초상화 - 사악함과 인자함으로 나뉜다(자료사진)

로 대장정에 참여했다가 상관이던 주은래를 만나고, 그의 천거로 홍군의 리더가 되고, 마침내 주석에 이른 모택동의 입지전적 과정도 어쩌면 주원장의 답습은 아니었을까? 백성의 가난이 지주들의 착취와 횡포 탓이란 확신을 가지고, 그걸 타파하여 토지를 골고루 분양하려던 신념도 마찬가지다. 어쩌면 그들이 사랑한 그 붉은 색상까지도 말이다.

주원장은 한족의 전통을 정비하여 정치, 경제, 군사 등, 역대 중국왕조의 전통을 가장 완벽하게 수립한 황제로 꼽힌다. 조선을 비롯하여 주변국에 미친 영향이 지대하였으며, 황실과 왕자의 무능이나 태만을 용납하지 않았으니, 장자를 처형한 것도 그런 맥락에서다. 자신이 겪은 굶주림을 잊지 않고 백성 편에서 정사를 펼치고 다민족 관리제도를 처음 도입한 것도 그의 치적으로 꼽힌다.

그러나 그가 역사의 우호적인 평가만 받는 건 물론 아니다. 대개의 쿠테타 정권이 그런 것처럼 그 역시 비천한 신분에 대한 컴플렉스로 시달렸다. 공맹의 도를 여성적이란 이유로 타파했으며 손자를 즐겨 인용했다. 지식인 계층이나 명문귀족에 대한 증오가 몹시 컸으며, 승상 호유용의 모반사건을 겪고 나선, 관련자 일만오천 명을 한꺼번에 처형하기도 했다. 자연히 억울한 죽음을 당한 이가 많았으며 아들과 후궁까지 처단했으니, 공신살육 일인자란 악명이 따라다닌다. 결국 승상제도를 폐지하고 모든 걸 황제가 관리감독하는 체제로 전환하다 보니, 환관에게 권력이 몰리는 빌미가 되고, 260여 년 뒤 명나라가 멸망한 원인도 게서 싹텄다.

드라마는 주로 그의 여성편력을 부각시키고, 광기어린 언행에 초점을 맞춘 인상이다. 그만큼 주원장 역을 열연한 탈렌트 진보국의 연기가 드라마를 시종 압도한다. 이방인에게 그토록 흥미진진한 이 드라마가 이들에게 혹평을 받은 것도 중국인들의 집단적 애국심과 무관하지 않다.

한족의 역사에서 원나라나 청나라의 등장은 사실 중국인들에겐 내세우고 싶지 않은 역사다. 말이 났으니 말이지만 원나라1271를 일으킨 시조는 징기스칸의 손자인 쿠빌라이다. 그러니까 남송이 멸망한 1279년부터 중국황실은 한족에서 몽고족으로 넘어간 셈이다. 그건 청도 마찬가지다. 청나라 시조는 만주족인 누루하치였으니 말이다.

그만큼 당, 송, 명대야말로 한족의 자존심이다. 그런데 명의 개국시조를 광기어린 인물로, 그것도 정사가 아닌 야설로 채웠다는 게 비난의 핵심이다.

그러나 드라마란 어디까지나 허구다. 사실 정사를 그대로 말하면 그건 이미 드라마가 아니다. 아니 드라마는 역사적 사실의 그늘에 묻힌, 보이지 않는 사건을 유추하고 상상해내어, 정사가 말하지 못한 걸 재구성할 때 드라마가 되는 것이다.

한국이건 중국이건 드라마가 정사와 다르다고 트집 잡는 건 역사와 허구를 혼동한 무지의 소치다. 더구나 드라마 때문에 민족적 자긍심을 훼손당했다고 생각하는 것은 유아적 상식이다. 그것은 문화 역량이 뒤떨어진다는 걸 만방에 선포하는 행위와 다르지 않다.

다시 『대명기』의 기록을 보자. '인간으로서 나는 범죄자다. 그러나 역사 앞에서 나는 범인이 아니다'라고 한 그의 고백에 눈길이 간다. 개국이란 난제를 고려하더라도 그 스스로 잘못을 시인한 셈이다. 주원장에 대한 극단적 평가의 상징이 그의 초상화다. 지금도 명효릉, 즉 그의 무덤 앞, 역사박물관에 붙어있는 초상화 말이다. 거기 후덕한 인상과 사악한 인상의 초상화가 나란히 걸려있다.

명효릉은 무덤이라기보다 하나의 황궁에 가깝다. 그가 죽자 숱한 후궁들이 그와 함께 묻혔다. 살아서의 악행을 탕감받길 원했다면, 그러지 않았어야 옳다. 아무래도 그는 악인 쪽에서 벗어나기 어렵다.

구중궁궐을 지나, 그의 무덤 앞에 서면 화강암 석대 위에 '차산명태조지묘此山明太祖之墓'(이 산이 명태조의 묘)란 글씨만 있을 뿐, 그대로 울창한 산이다. 무덤 위에 천 미터의 가산을 조성했으며, 그 가산 둘레로 '방성명루'란 성곽을 쌓아 시신을 지켰으니 그의 힘을 짐작할 만하다.

하기야 십만 명이 삼십 년간, 이 묘를 조성하는데 매달렸다니 그럴 만도 하다. 그런 무모함이 이 묘를 세계문화유산으로 만든 것도 역설이다. 그 덕분에 오랜만에 등산을 하고 산정에 서서 '주웬장 짜이나얼?'(주원장 어디있나?)하고 큰 소리로 외치자, 사람들이 놀라 쳐다본다.

이미륵 선생의 『압록강은 흐른다』를 떠올린 건 거기 그의 전설이 소개된 때문이다. 전기 소설이라지만 이 소설은 소설로선 여러가지 불충분한 점이 많다. 아무튼 소설 속에

주원장의 고향이 황해도란 것과 그가 이성계와 만나는 대
목이 잠깐 나온다. 귀가 솔깃한 얘기지만 작가는 그걸 전
설이라고만 밝힌다.

이성계1335-1408와 주원장은 비슷한 시기, 명1368, 조
선1392 각자 나라를 세웠으니 그럴 수 있겠다. 하지만 '조
선'과 '화녕' 두 개의 이름을 주원장에게 올려, '조선'으로
국호를 승인받은 건 엄연한 역사적 사실이다.

중국 역사에서도 주원장의 출신 지역에 대해선 논란이
많다. 교과서엔 안후이성 봉양(펑양)으로 적혀있지만, 쓰촨
성 노정(루띵)이란 견해도 만만찮다. 두 곳 모두 형편없는

신도망비 앞에서

산골이다.

그러니까 주원장은 지금 내가 머물고 있는 이곳, 강소성을 중시한 왕이다. 난징, 소주, 양주, 상주 등 역사적인 도시와 지금은 특별지구로 분리된 상하이가 포함된 지역이다. 이곳이 대표적인 평야지대요, 장강을 끼고 있는 곡창이기 때문이었을 것이다. 봉양이든 노정이든 그곳은 지금도 오지에 속하는 곳이니, 산골이 얼마나 지긋지긋했을 것인가.

역사는 주원장 자신의 입맛대로 따라주지 않은 것 같다. 업적은 업적이고 죄는 죄다. 후대의 우리가 거울로 여길 점이 이것이다. 특히 한 나라의 명운을 좌우하는 정치가들 말이다. 자꾸 역사를 들이대지만 역사란 그렇게 호락호락하지 않을 뿐 아니라, 되풀이하여 순환한다는 사실을 그들이 잊지 않았으면 좋겠다.

E.H.카의 말처럼 역사란 자의적인 해석이 문제다. 바다의 어느 지점에 낚싯대를 드리우느냐에 따라 왜곡되는 게 역사다. 최근 한일, 한중간의 역사 문제도 이런 자의성에서 기인한 것이다. 그러나 그것이 역사가 지닌 한계요 무서운 함정이기도 하다.

그 함정에서 벗어날 대안은 문화적 세계시민의식 밖엔 없다. 그건 지평선이나 창공처럼 국경을 초월하는 상상력을 일컫는다. 이에 이르러 편협한 자의성은 물론 부질없는 징고이즘은 치유된다. 이건 지금 내 강의의 테마이기도 하다.

하긴 최근 혼돈이론의 과학자들, 특히 일리아 푸리고진 같은 분은 과학의 미래 대안으로 아예 시적 상상력을 제시하고 있으니, 그것만이 만병을 고치는 명약이란 진단이다. 그리하여 상상력이 세계를 지배하는 시대, 상상력이 비로소 황제가 되는 세기에 이르러, 인간은 그토록 오랫동안 앓아온 자기모순에서도 벗어날 수 있을까?

내가 시 쓰는 사람의 막중한 책무를 유독 강조해 온 것이 반드시 황제 시인을 염두에 두고 그런 건 아니지만 말이다.

혹자는 주원장을 일러, 광기로 무장한 황제였다고 기록하였지만, 미셸 푸코가『광기의 역사』에서 지적한 것처럼 광기가 없이는 대역사, 대예술도 불가능하며, 그게 없이는 빛나는 유적도 없었을 테니, 이 모순은 어떻게 풀어야 하나? 불광불급不狂不及! 미쳐야 미친다는 진리는 주원장의 경우도 예외가 아니니 말이다.

명태조 주원장과 조선 태조 이성계는 비슷한 시기, 역성혁명으로 군왕에 오른 공통점을 지닌다. 그러나 명태조는 고아 출신, 걸식승, 홍건적 투신 등 자신의 과거이력에 콤플렉스가 깊었다. 그가 1395(태조4년) 조선왕이 보낸 신년 축하 하정사를 억류하고, 황제신년 인사인 표문表文과 황태자 인사인 전문箋文의 문구를 트집 잡아, 정도전을 압송하라고 끈질기게 협박한 것도, 그의 승僧과 적賊 콤플렉스를 건드렸던 탓으로 알려져 있다. 결과적으로는 명태조의 그 협박이 정도전의 몰락을 앞당긴 빌미가 되었으니, 역사란 언제나 무수한 가변성을 안고 있다는 걸 알겠다.

형제

중국에선 위화余華의 『형제』란 소설이 선풍을 일으키고 있다. 십 년 칩거 끝에 나온 작가의 신작 장편이다. 문혁 시기와 개방화 일로에 서있는 현재를 대비시켜, 중국의 과거와 현재를 절묘하게 그려냈다는 평가를 받고 있다. 문화혁명을 체험한 세대와 그 이후의 세대들은 생각과 행동에서 큰 차이를 보인다. 그것은 무시무시한 공포와 배신, 그리고 서로에 대한 불신을 생생히 목격한 시대와 자유와 일탈을 갈망하는 시대 사이의 거리감이다. 500만부 이상은 확실해 보인다.

나는 워낙 선풍적인 걸 멀리하는 사람이다. 고백하건대, 베스트 셀러 소설이나 시집을 한 권도 산 적이 없다. 헌책방에서 대강 훑어보고, 내 판단이 그르지 않았음을 확인하곤 했을 뿐이다. 좋은 글은 절대로 단시일에 선풍을 일으킬 수 없다는 게 내 생각이다. 그런 시대가 오려면, 독자들의 눈높이가 상당한 수준에 이르러야만 가능하다. 명작은 그냥 꾸준한 생명력을 지니기 마련이다. 아직도 그 소

설을 읽어야겠다는 충동이 일지 않는 것도 그 때문이다. 그의 『허삼관 매혈기』나 『내게는 이름이 없다』는 진작 읽었지만, 뛰어난 스토리텔링 작가가 보여주는 구수한 입담 뿐, 위대한 작가가 지녀야 할 미덕엔 모자라다는 느낌을 받았기 때문이기도 하다. 그 대신 여기 오자마자 산, 모옌의 신작을 읽고 있는데, 해독이 힘들어 앓는 소리를 내며 읽는다.

중국 음식에 질려 한동안 세 끼를 해먹었다. 자연히 영양에 불균형이 생기고 시간 소모도 적잖았다. 긴 한 학기 강의로 체력도 고갈됐다. 겨울이 오면 곰이나 개구리는 동면에 든다. 내 몸도 12월이 오면 휴식으로 접어드는데 맞춰져있다. 너무 오랜 세월 시계처럼, 거기 길들어져 왔다. 그런데 12월도 지나 1월말까지 진행되는 이곳 강의가 개구리의 겨울잠을 앗아가 버렸다.

뜻밖에도 구세주를 만난 건 마침 성탄 무렵이다. 눈도 내리지 않고 캐롤송도 들리지 않는 이곳, 구세주께서도 이 길이 아니라, 아랫녘을 거쳐 한반도로 왕림하실 것만 같은 땅. 조용하고 쓸쓸한 성탄 전후, 길 건너 학교 앞에 란저우 식당이 생겼다.

란저우는 간쑤(감숙)성의 성도다. 위론 내몽골, 왼쪽으로 신장 자치구, 오른쪽으론 회족 자치구와 접해있다. 그래서 그런지 주인 양씨 내외와 종업원들이 모두 흰 모자를 쓰고 있다. 그러니까 이슬람교도다. 이따금 코란 구절을 읊조릴 때도 있다.

벌써 보름 가까이 그 집에서 식사를 해결하고 있다. 여기 음식은 중국음식이 아니다. 김치덮밥(뉴러우카이샤오빤)이 있는가 하면, 칼국수나 국수 맛도 우리 입맛에 맞는다. 기름기가 적고 얼큰한 게 제법이다. 무슨 일인지 중국 학생들도 문전성시를 이룬다. 보름간 거르지 않고 찾아주는 한국인에게 이들도 감동한 눈치다. 고객에 대한 예우가 보통 수준을 넘는다.

자연히 대화가 많아지고 친밀해져 어느새 종업원들과 허물없는 사이가 되었다. 주인을 빼면, 아들 뻘 어린 청소년들이다. 세 사람이 18살 동갑이고 하나가 16살이다. 그 중에서도 나는 마씨 형제에게 온통 관심이 쏠려있다. 18살 형이 이 집의 주방장이다. 밀가루 반죽을 당겨 올을 뽑는 솜씨가 예술이다. 능숙한 동작으로 반죽을 치는 동안,

동생은 잔심부름이나 호객을 한다.

16살치곤 키가 너무 작다. 아직도 얼굴에 애티가 벗겨지지 않은 어린 것이 하루 17시간 동안 일을 한다. 농담처럼, 그러나 절실한 눈빛으로, 너도 빨리 형의 기술을 배우라고, 볼 때마다 당부하는 내 뜻을 제대로 아는지 모르겠다. 어느 때 보면 얼굴이 수척하다. 저 어린 것이 얼마나 힘들까? 음식이 목젖에 걸릴 때도 있다. 나는 이 녀석을 사랑하고 있는지도 모르겠다. 왜냐면 연민이란 이미 사랑이니까. 연민을 느끼지 않는 건 사랑이 아니니까!

형이 천원, 동생은 오백원을 받는다. 이 집 음식 거의가 형의 손끝에서 나오는 걸 생각하면 턱없이 적은 월급이다. 동생은 한국말을 제법한다. 안녕하세요, 어서 오세요, 앉으세요, 안녕히 가세요. 총기가 있어 한번 알려주면 따라하는데 발음이 좋다. 아직 어린애라 짓궂은 장난도 좋아한다. 주인을 가리키며, 저 사람 바보! 함께 웃고 있으면 한국말을 전혀 모르는 주인도 따라 웃는데, 정말 바보처럼 보이기도 한다.

먼 타향에서 형제가 함께 있으니 그나마 다행이라 생각하다가도, 길 건너 대학 쪽을 바라보는 아이의 눈빛을 볼 때면 슬퍼진다. 얼마나 공부하고 싶으면 말도 서툰 한국인에게 달라붙어 한국어라도 배우고 싶은 걸까? 또래들은 지금 고등학교에 진학할 나이가 아닌가. 그러고 보니 나는 여기 와서 식사를 해결하는 게 아니라, 저들과 슬픔을 공유하고 있구나!

공부하고 싶은데 그게 가로막히면, 환장할 지경에 이른

다는 걸 나는 잘 안다. 꼭 한번 나도 그런 적이 있다. 입대 후 훈련소를 거쳐 자대 배치까지 꼬박 2개월이 걸렸다. 책은커녕 그 비슷한 것도 구경하지 못했다. 운 좋게도 연대 본부 군수과 행정병으로 뽑혔다. 동기 세 명과 함께 맨날 행정반 청소만 했다.

군수주임 책상 위에 놓인 신문을 보자 눈이 뒤집혔다. 10분 간격으로 물을 뿌리고 청소를 했다. 행정반이 반들반들해졌다. 그러면서 연재소설부터 시작하여 민첩한 동작으로 신문을 읽어치웠다. 비로소 가슴이 뚫리고 살 것 같았다.

한 달 뒤 문제가 생겼다. 출근하자마자 군수주임의 불호령이 떨어졌다. 야, 왜 매일 쟤만 청소하나? 거기 세 놈, 앞으로 너희가 해. 이경교! 너는 이제 놀아, 알았어? 그래서 내 극락의 세월은 길지 못했다. 읽지 못하니 헛것이 보였다. 책들이 새처럼 날아다니기도 했다.

지금 16살, 저 녀석도 배우고 싶어 헛것이 보이는지 모른다. 그럴 나이다. 오늘도 나는 멍울처럼 깊어진 상심을 안고, 란저우 식당을 나선다. 나서며 자꾸만 형제를 돌아다본다.

이름을 묻다

새벽창, 녹나무 그늘에 앉아 집! 집이 어디야? 이, 이름이 뭐야? 날마다 묻는 새들에게 오늘은 기어코 대답을 해야지, 하고 다가가다가 슬쩍 경비실 쪽을 보니 경비들이 또 나를 빤히 쳐다보고 있다. 오늘도 허탕이다. 새와 대화를 나누고 있으면 이 사람들은 저 한국인이 정신병자라고 수군거릴 것이고, 그 소문은 금방 교정으로 퍼져나갈 것이다. 견문이 넓지 못한 자들이 그렇듯이 이들은 조금만 이상한 행동을 해도 눈을 크게 뜨고 쳐다본다.

참아야지. 그러다가 생각하는 것이다. 새들에겐 어느 나라말로 대답해야 하나? 여기서 나고 자란 텃새라면 중국어로 대답해야겠지. 그런데 이 새들이 몇 달 전, 나처럼 바다를 건너온 철새들이라면 어떡하나? 한반도가 아니라, 발트 해 쪽에서 왔다면? 하긴 리칭자오가 본디 내 이름이 아닌 것처럼 오직 이경교만이 나라고 우길 근거도 없지 않은가? 명가명비상명名可名非常名, 이름 붙여진 것은 영원한 이름이 아니라고 한 노자의 뜻을 이제야 알겠구나!

나는 그동안 이름에 너무 사로잡혀 있었구나. 아직도 이 새들의 이름을 몰라 만나는 이마다 묻고 있으나 모른다는 대답이다. 도서관에 가보니 조류도감도 없다. 학생들에게 과제를 내었으나 몇 달째 소식이 없다. 다시 생각한다. 세상의 모든 존재는 이름이 불려짐으로써, 존재의 의미를 회복한다고 한 말을. 그 말은 언어철학자 헤르더의 이론이다. 그리고 우리 김춘수 시인의 <꽃을 위한 서시>도 그걸 노래한 시다.

이름에 대한 유별난 집착이 그동안 내 알음알이를 키우는데 보탬이 된 걸 인정한다 하더라도, 이것도 일종의 질환이라면 고쳐야 할 병인지도 모르겠다. 『벽암록』에 있는 이야기다. 스승이 제자에게 물었다. 애야, 저게 무슨 소리냐? 제자가 예, 빗소립니다. 대답하자, 스승이 말하길, 너는 빗소리에 사로잡혀 있구나! 한 곳에 몰두하는 사이, 더 다양한 이치를 놓칠 수 있다는 경고다.

하긴 이 병이 어제 오늘 생긴 건 아닌 듯하다. 돌아가신 할머니가 생전에 입버릇처럼 하신 말씀이 생각난다. 넌 어릴 적에 어찌나 많이 묻는지, 길을 가기가 힘들었지. 할머니, 저건 누구네 집이에요? 저건 무슨 나무죠? 저 새는요? 저 풀은, 저 산은?......

이국땅에서 만났던 가문비, 호양나무, 백양목, 쟝슈... 하늘의 별만큼이나 많은 나무 이름, 새 이름을 어찌 다 알려드는가? 이젠 마음의 눈으로만 보자. 아무것도 묻지 말자. 이름을 지우기로 다짐하고 창밖을 내다본다. 가을비다. 겨울비인지도 모르겠다. 비에 젖은 새 한 마리가 창틀

에 앉아 물기를 털고 있다. 깃이 번쩍인다. 아름답고 신비
하게 생겼다. 생전 처음 보는 새다! 어라, 이건 또 뭐야?

노는 물

국제경영학회 주제 발표 차 상하이에 온 유태우 교수가 이곳까지 나를 만나러 왔다. 거기서 여기까지는 4시간 이상이나 걸리는 거리다. (함께 온 동생 내외가) 상기도 따끈따끈한 우리 떡을 한 아름 싸가지고 왔다. 유교수는 나의 산행 도반이요, 죽이 맞는 단짝이다. 우리는 같은 물에서 노는 물고기 부류다.

귤이 회수를 건너면 탱자가 된다 했던가? 그래서 난새는 오동나무가 아니면 깃을 틀지 않고 큰 물고기는 지류에서 놀지 않는다고 했다. 사실 유태우 교수는 그 학문적 역량이나 성향으로 보아, 전문대학엔 어울리지 않는다는 생각도 든다.

토양에 따라 곡식이나 과일의 산지가 갈리듯 토질에 맞춰 도자기의 질이 달라지는 법이니, 물고기 또한 노는 물에 따라 그 맛이 달라진다. 장강 하류의 갈치류가 바닷갈치와 맛이 다른 것도 그 때문이다. 어디서 노는가는 누구와 어떻게 노는가 만큼이나 중요하다. 사람 사이에서도 그렇다.

노자의 도를 장자가 잇고, 공맹이 나란했는가 하면, 동파가 일평생 구양수를 흠모한 것이나, 송강이 면앙정의 그늘 아래서 자란 연유가 모두 이것이다.

서화담의 평등사상이 교산에 이르러 꽃을 피웠다면, 16세기 강호가도 즉 호남가단의 형성도 노는 물이 빚어낸 산물이다. 큰 선비일수록 이걸 기억하고 있었으니, 율곡이 경상도 예안까지 내려가 퇴계를 알현하거나, 전라도의 고봉이 한양길을 멀다않고 퇴계를 찾아갔던 것이다.

저구지교杵臼之交란 이런 경우를 말한다. 절구와 공이의 사이란 뜻이니, 이 둘이 만나지 못한다면 겨를 벗은 낟알을 어찌 얻을까? 무화과나무는 무화과나무를 바라보며 열매를 맺는다는 페르시아 속담이나, 장 피아제가 주장한 '눈높이 교육'의 목표도 마찬가지다.

공자가 천하를 주유했다면 노자와 장자는 하급관리나 갖바치로 머물며 '소요'를 실천했다. 나는 지금 이들이 태어나 살다 간 땅에 머물며, '주유週遊'와 '소요逍遙'를 흉내내는 중이다. 최근 나의 화두는 그래서 주유와 소요에 붙박혀 있다. 누구와 어디서 어떻게 노는가? 이 문제는 결국 가치관이나 삶의 목표에 따라 차등이 생길 것이니, 노는 물이 사실은 삶의 맛과 빛깔을 바꾸는 공간인 셈이다.

어찌 공간뿐인가? 계절에 따라 수온이 바뀌어, 해마다 수량이나 먹이도 한결같지 않을 테니, 산란에 합당한 계절이 있는 것처럼 어종의 번식에 유리하거나 불리할 때가 있을 것이다. BC3000년경에 위대한 문명이 다투어 발생한 것이나, BC5-6세기를 '성인들의 시대'라 일컫는 것도 이런 자연의 이치와 흡사한 건 아닐까?

우리의 16세기가 '위대한 선비들의 시대'였다면, 17세기는 '위대한 프랑스 시대'로 꼽힌다. 일본은 19세기 명치유신을 통해 근대화의 물꼬를 열었으니 어느 한 시기란 얼마나 중요한 것인지 증명이 된다.

결국 관계란 시공의 씨줄과 날줄에 얽혀, 누구와 어느 때 어디서 노는가에 따라 완성된다. 그에 따라 물고기는 어종과 크기, 그리고 맛이 달라지는 것이니, 노는 물이야말로 운명의 거울이란 걸 부인하기 어렵다.

철새는 날아가고

잘있거라 붉은 대륙아. 일 년은 너무 길었다! 고(告)하고, 이곳을 벗어나는 꿈을 꾸었다. 속시원했다. 하늘을 나는가 싶더니 금세 한반도다. 짧은 꿈이 아쉬웠지만 시간을 앞당겨 또 한 번 고별연습을 했구나. 그래서 나는 모든 이별이 사실은 죽음의 연습이라고 생각한다.

주일 아침 글을 쓰다가 습관처럼 동쪽 하늘을 보니, 철새 떼가 무리지어 날아가고 있다. 급히 '견동초려'란 당호 하나를 써서 붙인다. 동쪽을 바라보는 초가란 뜻이다. 그리곤 무작정 새떼를 따라 나선다. 강남의 날씨가 무더워, 겨울 철새들의 이동이 시작되었나 보다. 저 새떼들은 광동성이나 복건성 쪽의 따뜻한 날씨에 떠밀려 북쪽인 이곳, 강소성의 하늘을 막 지나치다가 내 눈길에 붙잡힌 것이겠지. 곧장 북진하여 몽골 내륙이나 시베리아로 가는 것 같지는 않다. 편대의 기수가 해 뜨는 쪽을 향하고 있으니까. 그렇다면 한반도로 옮겨가는 중일까? 돌발적인 느낌 하나가 나를 벌판으로 떠밀었다.

중남미 음악의 고전이 엘콘도파샤, <철새는 날아가고>란 노래다. 내가 언제나 그리워하는 노래다. 길을 가다가도 그 선율이 들려오면, 걸음을 멈추곤 한다. 잉카문명의 멸망을 노래한 우수어린 멜로디. 뭐라 형언하기 어려운 흡입력까지 지닌 노래다. 그 노래엔 삼뽀냐란 악기가 동원된다. 지금도 내 연구실 서가에서 주인을 기다리고 있을 갈대 피리다. 그래서 르상 뒤로조가 영어로 편곡한 제목이 <The song of the reed>다.

새떼를 따라가다가 길을 잃었다. 하늘만 쳐다보느라 지상의 방향을 흘렸나 보다. 동쪽으로 발진하던 새떼의 후미가 점처럼 가물거리더니, 허공엔 발자국 하나 남지 않았다. 하긴 불경에도 그런 말이 있다. 새떼의 꼬리를 수평으로 그어, 오던 길을 되짚어 보지만 벌판이란 동과 서를 가늠하는 게 쉽지 않다. 간 길에서 반 발짝 차이의 각도가 돌아와 보니, 서쪽을 남쪽으로 바꿔놓고 말았다. 그때 산다는 일도 이와 같았구나! 그런 생각이 들었다. 비슷한 방향으로 걸어가지만, 출발선에서의 작은 차이가 도착지점에선 그 거리를 벌려놓는 이치 말이다.

그것이 비록 꿈일망정 떠난다는 것은 언제나 설레는 일이다. 쉬지 않고 날갯짓하는 저 철새들도 그럴 테지. 새로운 터전에 당도할 때까지, 고단한 여정을 떠미는 힘 또한 설렘은 아닐까? 꿈을 꾸고 나서의 개운함이 짙은 우수로 바뀌는 것만 봐도 그렇다.

천지의 기운이 우리 몸과 마음을 흔들어 마음에도 비 내리거나 햇빛 고운 날이 있는 것처럼 새떼가 이동할 때를 기다려 나도 하늘을 나는 꿈을 꾸었구나! 허허벌판을 하늘 삼아 끝없이 동쪽으로 날아갔구나. 철새는 날아가고 지금 그 무리를 이탈한 새 한 마리 발길 되돌려 돌아오는 중이다.

일일이 거론하지 못하였으나, 중국기행에 도움을 받거나
이 책을 쓰며 참고한 중국 관련 서적을 소개하면 다음과
같다.

中國地圖集 . 中國地圖出版社 2007

國家地理旅行 . 山東畫報社 2007

How to tour china . Xinhwa publishing House . Beijing 1986

余秋雨 . 中國之旅 . 太原希望出版社 2004

Marco Polo . 東方見聞錄 . 한운용역 . 을유문화사 . 1976

陳舜臣 . 시와 사진으로 보는 중국기행. 정태원 옮김. 예담
2007

中國版畫史圖錄. 上海人民美術出版社 1983

西安碑林百圖集賞. 西安碑林博物館 1994

沈以正. 敦煌芸術. 雄獅圖書 台北 1970

Judy Bonavia . Introduction to the silkroad.

The Guide book Company . Ltd, Hongkong 1992

Silkroad . 1-6권. NHK. 서린문화사 1987

Jean Pierre drłge Silkroad . 이은국 옮김 . 시공사 1997

박지원. 열하일기 1. 2권 . 민족문화추진회 1968

毛澤東選集. 1-4권. 北京民族出版社 1992

毛澤東. 실천론/ 모순론. 김승일 옮김. 범우사 1994

左舜生 , 辛亥革命史. 정병학 역. 대한교과서 1965

川合貞吉. 중국민란사. 표문태 옮김. 일월서각 1979

陸羽. 茶經. 김병배 역. 태평양 박물관 1982

이중톈. 중국인을 말하다. 박경숙 옮김. 은행나무. 2008

북경중앙미술학원편. 간추린 중국미술의 역사. 박은화 옮김. 시공사 2011

저우스펀.양주팔괴. 서은숙 옮김. 창해 2006

황위펑. 시는 붉고 그림은 푸르네. 서은숙 옮김. 학고재. 2003

백승길. 중국예술의 세계. 열화당 1977

강진석. 중국의 문화코드. 살림 2004

장범성. 중국인의 금기. 살림 2005

와카바야시 미키오. 지도의 상상력. 정선태 옮김. 산처럼 2007

문학 관련 텍스트로는,

『삼국지』『수호지』『서유기』『홍루몽』『금병매』, 푸룽링蒲松齡의 『요재지이』聊齋志異 및 『李太白』장기근 편저. 대종출판사 1975. 왕수이자오『소동파 평전』조규백 옮김. 돌베개 2013『魯迅文學全集』河南人民出版社 1994. 黃氷武『中國詩學』1.2권 巨流圖書公司 台北 1970. 『紅色詩抄』北京人民文學出版社 2006『唐宋八代家文選』한무희 선주. 신아사 1981.『中國古代名詩選』허세욱 역주. 혜원출판사 1990 ,『現代中國詩選』하정옥 역주. 민음사 1989『胡適文選』민두기 편역. 삼성문화재단 1972.『漢山詩』김달진 역주. 홍법원 1982. 朱自淸『아버지의 뒷모습』허세욱 옮김. 범우사 2004, 그리고

모옌『붉은 수수밭』문학과 지성사 1997『홍까오량 가

족』문학과 지성사 2007 『술의 나라』책세상 2003. 왕멍 『나비』문학과 지성사 2005 『변신인형』문학과 지성사 2007. 한샤오공 『마교사전』민음사 2007. 홍잉 『굶주린 여자』한길사 2005 『영국연인』한길사 2005. 위화 『내게는 이름이 없다』푸른숲 2007. 류전윈 『닭털같은 나날』소나무 2004. 가오징젠 『버스정류장』민음사 2005. 베이따오 『한밤의 가수』문학과 지성사 2005 등이다.

장강

우람

장강유랑　　　　　　　초판 1쇄 발행　　2021.11.01

지은이　　　　이경교
펴낸이　　　　최대석
편집　　　　　최연, 이선아
디자인1　　　이수연
디자인2　　　박정현, FCLABS
마케팅　　　　김영아

펴낸곳　　　　행복우물
등록번호　　　제307-2007-14호
등록일　　　　2006년 10월 27일
주소　　　　　경기도 가평군 가평읍 경반안로 115
전화　　　　　031)581-0491
팩스　　　　　031)581-0492
홈페이지　　　www.happypress.co.kr
이메일　　　　contents@happypress.co.kr
ISBN　　　　 979-11-91384-08-6 (03810)
정가　　　　　13,000원

이 책의 국립중앙도서관 출판예정도서목록(CIP)은
서지정보유통시스템 홈페이지(http://seoji.nl.go.kr와
국가자료공동목록시스템(http://nl.go.kr/kolisnet)에서
이용하실 수 있습니다.

이경교

김경미의 반가음식 이야기

〈여성조선〉 칼럼에 인기리에 연재된 반가음식 이야기 출시

김경미 선생이 공개하는 반가의 전통 레시피

하나. 균형잡힌 전통 다이어트 식단

둘. 아이에게 좋은 상차림

셋. 몸을 활성화시켜주는 상차림

넷. 제철 식단과 별미음식

전통음식 연구가이자 대통령상 수상 김치명인인 김경미 선생은 우리 전통음식의 한 종류인 '반가음식'을 계승하고 우리 전통문화의 멋을 알리고자 힘쓰고 있다. 대학과 민간연구소에서 전통음식 연구에 평생을 전념했다. 김경미 선생은 국민훈장 목련장을 수상한 바 있는 반가음식의 대가이신 故 강인희 교수의 제자이다.

[Instagram] banga_food_lab

뉴욕 사진 갤러리 최다운

라이선스를 통해 가져온 세계적 거장들의 사진을 즐길 수 있는 기회! 깊이 있는 작품들과 영감에 관한 이야기들

+

존 시르, 마쿠스 브루네티, 위도 웜스, 제프리 밀스테인, 머레이 프레데릭스, 티나 바니, 오사무 제임스 나카가와, 다나 릭셴버그, 수전 메이젤라스, 리처드 애버든, 로버트 메이플소프, 안셀 애덤스, 어윈 블루멘펠드, 해리 캘러한, 아론 시스킨드

내 인생을 빛내줄 사진 수업 유림

사진 입문자들을 위한 기본기부터 구도, 아이디어, 여행 사진 노하우, 스마트폰 사진까지. 좋은 사진을 찍고자 하는 사람이라면 누구에게나 도움이 될 수 있는 사진 지식과 노하우를 담았다.

꾸준히 사랑받는 ────────────────────

🌙 ──────── 감성 에세이/시 시리즈

1. 옷을 입었으나 갈 곳이 없다 _ 이제

2. 아날로그를 그리다 _ 유림

3. 사랑이라서 그렇다 _ 금나래

4. 여백을 채우는 사랑_ 윤소희

5. 슬픔이 너에게 닿지 않게 _ 영민

6. 모두가 문맹이길 바란 적이 있다 _ 이제

☆ ──────── 여행 에세이 시리즈

1. 겁없이 살아 본 미국 _ 박민경

2. 삶의 쉼표가 필요할 때 _ 꼬맹이여행자

3. 아날로그를 그리다 _ 유림

4. 낙타의 관절은 두 번 꺾인다 _ 에피

5. 길은 여전히 꿈을 꾼다 _ 정수현

6. 내 인생의 거품을 위하여 _ 이승예

7. 레몬 블루 몰타 _ 김우진

──────────────────────────── **콜렉션**

+ + +

"손가락 사이로 미끄러지는 빛은 우리의 마음을 헤쳐 놓기에 충분했고, 하얗게 비치는 당신의 눈을 보며 나는, 얼룩같은 다짐을 했었다"
_ 이제, 〈옷을 입었으나 갈 곳이 없다〉 일부

"곁에 머물던 아름다움을 모두 잊어버리면서 까지 나는 아픔만 붙잡고 있었다. 사랑이라서 그렇다."
_ 금나래, 〈사랑이라서 그렇다〉 일부

"'사랑'을 입에 담지 말 것. 그리고 문장 밖으로 나오지 말 것."
_ 윤소희, 〈여백을 채우는 사랑〉 일부

"구름 없이 파란 하늘, 어제 목욕한 강아지, 커피잔에 남은 얼룩, 정확하게 반으로 자른 두부의 단면, 그저 늘어놓았을 뿐인데, 걸음마다 꽃이 피었다."
_ 에피, 〈낙타의 관절은 두 번 꺾인다〉 일부

+ + +

행복우물출판사 도서 안내

● NEW & HOT

○ 사랑이라서 그렇다 / 금나래

"내어주는 것은 사랑한다는 말, 너를 내 안에 담고 있다는 말이다"
2017 Asia Contemporary Art Show Hong Kong,
2016 컬쳐프로젝트 탐앤탐스 등에서 사랑받아온 금나래 작가의 신작

○ 여백을 채우는 사랑 / 윤소희

"여백을 남기고, 또 그 여백을 채우는 사랑. 그 사랑과 함께라면
빈틈 많은 나 자신도 온전히 좋아하며 살아갈 수 있을 것 같다."
'채우고 싶은 마음과 비우고 싶은 마음'을 담은 사랑의 언어들

● BOOK LIST

○ 음식에서 삶을 짓다 / 윤현희 ○ 삶의 쉼표가 필요할 때 /
꼬맹이여행자 ○ 벌거벗은 겨울나무 / 김애라 ○ 청춘서간 /
이경교 ○ 가짜세상 가짜 뉴스 / 유성식 ○ 야 너도 대표 될 수
있어 / 박석훈 외 ○ 아날로그를 그리다 / 유림 ○ 자본의 방식 /
유기선 ○ 겁없이 살아 본 미국 / 박민경 ○ 한 권으로 백 권 읽기
/ 다니엘 최 ○ 흉부외과 의사는 고독한 예술가다 / 김응수 ○
나는 조선의 처녀다 / 다니엘 최 ○ 하나님의 선물─성탄의 기쁨
/ 김호식, 김창주 ○ 해외투자 전문가 따라하기 / 황우성 외 ○
꿈, 땀, 힘 / 박인규 ○ 바람과 술래잡기하는 아이들 / 류현주 외
○ 어서와 주식투자는 처음이지 / 김태경 외 ○ 신의 속삭임 /
하용성 ○ 바디 밸런스 / 윤홍일 외 ○ 일은 삶이다 / 임영호 ○
일본의 침략근성 / 이승만 ○ 뇌의 혁명 / 김일식 ○ 멀어질 때
빛나는: 인도에서 / 유림

행복우물 출판사는 재능있는 작가들의 원고투고를 기다립니다
(원고투고) contents@happypress.co.kr